I0656407

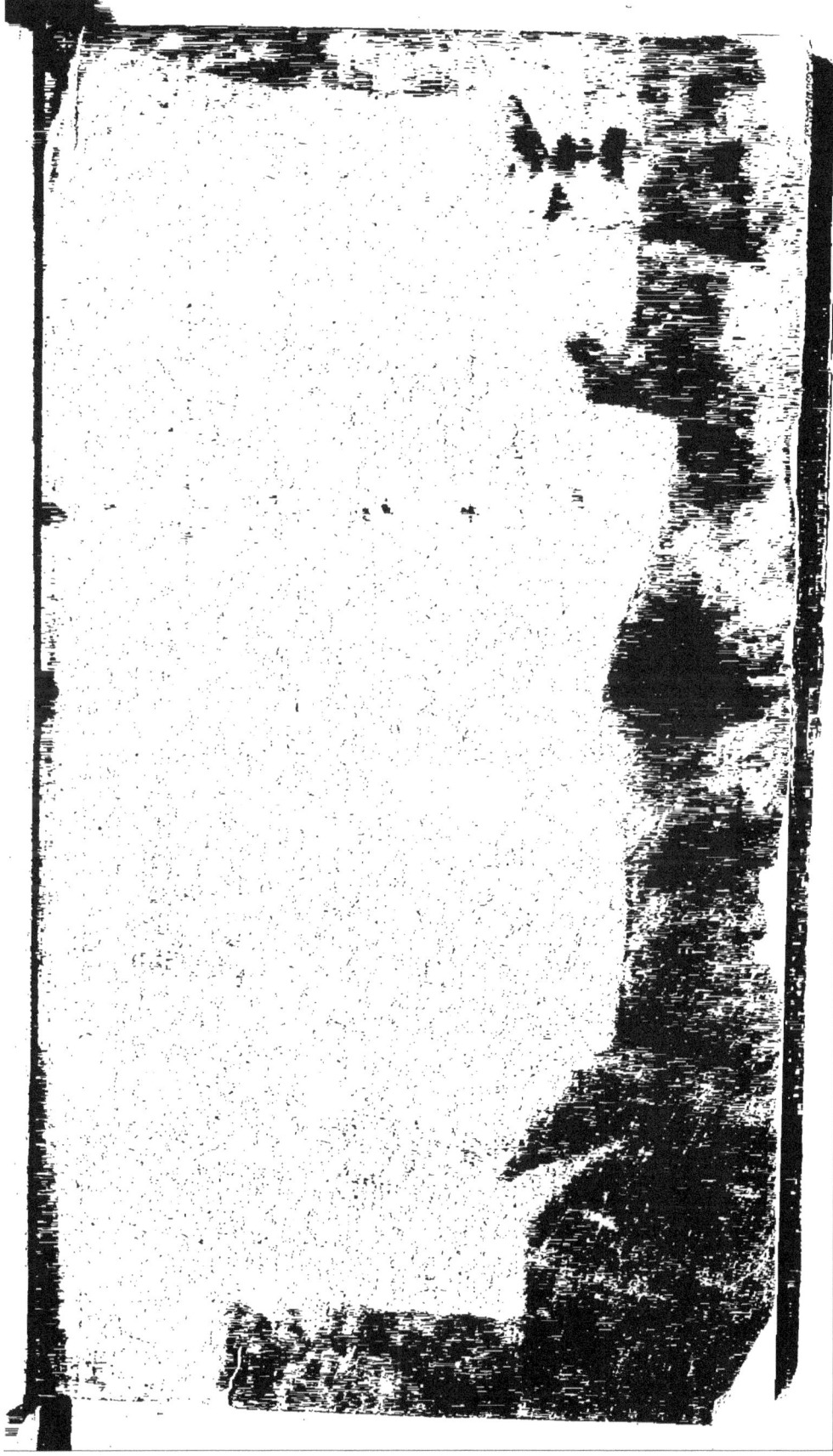

A.

d'adresse on differente

Z=14471

LETTRES
FAMILIERES
DE
Mʳ CONRARD,
À
Mʳ FELIBIEN.

A PARIS,

Chez la Veuve Loüis Billaine,
dans la Grande Salle du Palais,
à la Palme & au Grand Cesar.

M. DC. LXXXI.

Avec Privilege du Roy.

LE LIBRAIRE
au Lecteur.

ES personnes d'esprit
& de merite m'ayant
fait tomber entre les mains
des Lettres que M. CON-
RARD a écrites autrefois
à un de ses Amis, j'ay esté
d'autant plus porté à les
donner au Public, que
tous ceux qui l'ont connu,
sçavent que c'est particulierement dans le genre

Epiſtolaire qu'il a excellé,
& que perſonne n'a écrit
avec tant de facilité & de
pureté que luy, juſques aux
moindres Billets. Ainſi ſes
Lettres ne ſeront pas d'un
petit ſecours à ceux qui
s'étudient à bien écrire dans
noſtre Langue, particulierement les Etrangers, qui
trouveront un veritable
modelle des Lettres fami-
lieres, dans lequel ils ver-
ront un ſtile aiſé & naturel,
mais pourtant toûjours
ſoûtenu & tres-pur. On
ne ſera pas même fâché de
trouver dans ces Lettres
quantité de petites par-

ticularitez touchant les Affaires & les nouvelles du temps qu'elles ont efté écrites, & dont M. CON-RARD eftoit toûjours bien informé par la correfpondance qu'il avoit avec plufieurs perfonnes de qualité & de fçavoir. Pour ce qui regarde fa Perfonne, je n'entreprendray pas d'en parler, je laifferay à d'autres à faire fon Eloge, mais feulement pour rendre icy quelque honneur à fa memoire, je raporteray ce que les Etrangers mêmes ont écrit de luy aprés fa mort.

á iij

Le Libraire

Gazette d'Amsterdam du Jeudy 3. Octobr. 1675.
De Paris le 27. Septembre.

Monsieur CONRARD, Conseiller & Secretaire du Roy, & de l'Academie Françoise, mourut icy Lundy 23. du courant. On n'a gueres vû d'Illustres, qui pour une vie particuliere ayent acquis une reputation si generale, & si peu contredite. Aussi n'estoit-ce pas par quelques belles qualitez separées qu'il avoit fait bruit dans le Monde; mais par un assemblage de toutes; la pieté, la probité, le bon sens, la sagesse, la fermeté d'ame, l'esprit, la délicatesse, la justesse, & l'humeur bienfaisante estoient les vertus par lesquelles cet homme rare

au Lecteur.

s'estoit attiré le cœur & l'estime de tous les honnestes Gens,
tant dedans que bien loin hors
du Royaume. Sa Chambre estoit
le rendez-vous ordinaire de
tout ce qu'il y avoit à Paris de
plus trié & de plus poli; &
elle a esté souvent honorée de
la visite des plus grands Seigneurs, mesme de Princes & de
Princesses. La Langue Françoise
perd en luy, pour ainsi dire, son
Reformateur; l'Academie son
Pere; & tous les celebres Autheurs en general leur Maistre,
ou leur Conseiller. L'on remarque de luy une chose, qui toute
seule fait un grand Eloge;
c'est qu'au lieu que de tout

Le Libraire au Lecteur.

temps les manieres de penser & d'écrire ont esté tres differentes, le commun consentement de tous les plus beaux Esprits à recourir depuis plus de quarante ans à son jugement, & à s'y conformer, a produit une uniformité de goût dans l'Empire des Lettres, qui fait que de long temps on ne pensera & on n'écrira en France, que du goût & par l'Esprit de ce grand Homme, qui, ainsi, tout mort qu'il est, vivra autant par la communication qu'il nous a laissée de ses propres lumieres, que par la bonne odeur de sa memoire & de sa renommée.

LETTRES

LETTRES
FAMILIERES

DE MONSIEUR

CONRARD

A MONSIEUR

FELIBIEN.

LETTRE PREMIERE.

ONSIEUR,

Je n'ay appris que par la
Lettre que vous avez pris la

A

peine de m'écrire la perte que vous avez faite ; si je l'eusse sceuë plûtost, je n'eusse pas manqué à vous témoigner la part que j'y prens, & combien vostre douleur m'est sensible: Ces coups ne peuvent estre que tres-rudes pour un cœur aussi tendre que le vostre, & je trouve vos plaintes si justes, que bien loin de les blâmer, je vous blâmerois, si vous ne les faisiez pas. Il faut seulement leur donner des bornes & empescher qu'elles ne passent jusques au murmure qui est l'excés qui les peut rendre criminelles. Le temps sera le Medecin, & vostre propre vertu le remede d'un si grand mal. Je vous conseille de les consulter l'un & l'autre,

& de les croire, afin de tâcher
à recouvrer le repos que vous
avez perdu, & à joüir plus
doucement du plaifir que vous
peuvent donner les occupations & les divertiffemens du
lieu où vous eftes. Je vous
rend graces de ce que vous
m'en avez écrit, & vous prie
de continuer fouvent fi vous
le pouvez faire fans vous incommoder. Le Pere Rouffeau
a mandé à fes Superieurs les
offres que vous luy avez faites,
dont j'ay receu les remercimens qui vous en font deus:
c'eft pourquoy je vous les rends
en ce lieu de leur part & de
la mienne. Quant il revien-
dra, fi vous avez quelque livre
ou quelque piece manufcrite
confiderable à m'envoyer, il

A

prendra bien la peine de s'en
charger. Mais pour le gros du
memoire que vous avez trouvé bon que je vous donnaſſe,
je penſe qu'il faudra attendre
le retour de Monſieur l'Abbé
de Saint Nicolas , qui me fera
peut-eſtre bien la grace d'a-
gréer que vous mettiez le pacquet dans quelqu'une de ſes
balles, ſi vous ne trouvez point
de commodité plus prompte
& auſſi aſſurée. Le papier ſur
lequel vous m'avez écrit me
ſemble fort beau , & ce ſera,
s'il vous plaiſt, de celuy-là que
vous prendrez, ſi vous le jugez
à propos. J'eſpere que vous
vous adreſſerez auſſi à moy
pour les choſes de cette nature, que vous croïrez que je
pourray faire pour vous, & ſans

cela je ne vous oferois plus faire aucune priere.

Je fuis bien-aife que vous
ayez vû à Marfeille Meffieurs
de Scudery & Mafcaron, ils
font tous deux fort de mes amis,
& je vous euffe donné des
lettres pour eux, fi j'euffe crû
que vous euffiez dû les voir.
Le dernier eft icy, qui m'a dit
beaucoup de bien de vous. Je
croy que vous n'avez pas vû
Mademoifelle de Scudery,
puis que vous ne m'en parlez
point. C'eft pourtant une des
plus rares perfonnes que vous
puiffiez voir en tout voftre
voyage, & fi noftre malheur
veut qu'elle foit encore en
Provence, à voftre retour vous
n'oublirez pas de luy rendre
une vifite, à laquelle je la pre-

pareray, finon nous la luy ren-
drons icy enfemblement.

Toutes les Lettres de Rome
font conformes pour la reception de Monfieur l'Ambaffadeur. On fe promet de grandes chofes de fa Négociation,
& pourveu que le bonheur
feconde fa prudence & fa capacité, il donnera & recevra
fans doute beaucoup de fatisfaction. Je feray bien - aife
d'apprendre comment vous
vous accommodez dans ce
païs-là, & fi vous aurez fujet
de ne vous point ennuyer, &
de vous y plaire. Mandez-
moy auffi, je vous prie, fi vous
trouvez bien de la facilité à
apprendre la langue, à quoy
je vous confeille de travailler
dans voftre loifir.

Vous devez sçavoir plûtost que nous des nouvelles du siege de Lerida, où les enne-mis se deffendent de la mesme sorte qu'ils sont attaquez, c'est à dire fort vigoureusement. On espere que cette place ne peut tenir que jusques au com-mencement du mois prochain. Monsieur le Prince la presse au de là de tout ce qu'on sçauroit dire, & y fait paroistre des effets de ce cœur magnanime qu'il porte par tout, & de cette scien-ce qu'il semble qui soit infuse en luy, puis qu'il n'a pas assez d'âge pour l'avoir apprise au point où il l'a possede.

Les Hollandois s'estant re-solus de ne mettre point en campagne cette année, & les Espagnols de faire un effort en

Flandres, puis qu'ils n'y auroient affaire qu'à nous. Le Roy y a fait venir d'Allemagne Monſieur de Turenne avec cinq mille chevaux & quatre mille hommes de pied, qui ſont ſur le point de ſe joindre à noſtre armée, qui ſans ce ſecours eſt déja de vingt mille hommes. Les Suedois ſuffiront ſeuls pour faire teſte à l'Empereur, depuis la Neutralité accordée au Duc de Baviere. On ne parle plus à Munſter du Traité de la Paix generale que comme d'un ouvrage difficile ; ou pour le moins éloigné ; mais on négotie toûjours pour celle de la France & de l'Empire, dont on eſpere aſſez bien. Les Eſpagnols ſe reculent ſur l'Eſperance qu'ils ont de faire de grands progrés aux Païs-bas cette année. Mais avec toute la perte qu'ils ont receuë pour avoir mis en campagne de trop bonne heure, ils n'ont pû nous enlever qu'Armentieres, qui eſt une mauvaiſe place , & qui leur a neanmoins fait perdre beaucoup de gens ; & deux bicoques Comines & Lens, dont la premiere les a arreſtez douze jours. C'eſt tout ce que je vous puis dire aujourd'huy. Je ſuis,

MONSIEUR,

Voſtre, &c.

A Paris le 28. Avril 1647.

+❧+✦✦+✦✦+✦✦+✦✦+✦✦+✦✦+❧+

LETTRE II.

MONSIEUR,

Je vous rend grace de vos
nouuelles, qui se trouvent toutes conformes à ce qu'en écrivent icy les mieux informez.
L'affaire de Sicile se peut rendre tres-considerable par sa
suite, & donner beaucoup de
peine aux Espagnols. Les succés qu'ils ont eus au commencement de cette campagne
dans la Flandre, quoy que peu
importans, leur ont tellement
relevé le courage, qu'ils croyent
reconquerir bien-tost les places qu'ils ont perduës depuis
l'ouverture de la guerre. Mais

nous commençons à arrester leurs progrés ; ils croyoient emporter Landrecis en huit jours , parce qu'ils avoient sceu que la Garnison n'en estoit pas extrémement forte. Elle se deffend neanmoins toûjours fort vigoureusement , & par leur propre confession , leur armée est fort incommodée, tant par les maladies que par les sorties des Assiegez, qui se promettent de tenir jusques à la fin de ce mois. Nos gens ont voulu tenter l'attaque de leurs lignes , mais ils les ont trouvées telles qu'ils n'ont peu y entrer , parce que d'abord les Ennemis firent travailler plus de dix mille Païsans, qui les mirent en trois jours hors d'attaque. C'est ce qui a fait refoudre M. de Gaffion à une autre entreprife, & comme il a efté averty qu'il n'y avoit que deux cens hommes dans la Baffée , & que c'eft une place qui nous peut eftre fort utile, & fort préjudiciable aux Efpagnols eftant entre nos mains, il s'eft refolu de l'affieger. La circonvallation en eft déja achevée, ce qui fait croire qu'il ne tardera gueres à l'emporter. Il a repris Lens, qui eft une mauvaife place qu'on nous avoit enlevée en vingt-quatre heures , & l'on croit qu'il la démentelera. Le Marefchal de Rantzau avec une partie de noftre armée a pris Dixmude, qui eft un pofte fort avantageux , tant pour brider Ipres , & courre la

Flandre fort avant, que pour
secourir Courtray en cas de
besoin. Nos troupes grossissent
tous les jours, & nous espe-
rons que la fin de la campagne
nous sera plus heureuse que le
commencement. La Cour est
toûjours à Amiens. On écrit
de Catalogne qu'il s'y est découvert une nouvelle conspi-
ration, de laquelle on n'a pas
encore mandé les particularitez, qu'on espere apprendre
d'un des principaux qui a esté
arresté,

Plusieurs personnes ont eu
ordre de se retirer d'icy, l'Evesque de Rennes à son Diocese,
le Comte de Fiesque en Nor-
mandie, M. de Belebat à Lan-
dernau dans la basse Bretagne,
mais on a obtenu qu'il n'ira

qu'à Dol, qui eſt un lieu bien moins deſagreable. Le Chevalier de l'Eſcale a eſté mis à la Baſtille, pour n'avoir pas quitté Paris dans le temps de vingt-quatre heures qui luy avoit eſté preſcrit. On ne ſçait pas au vray la cauſe de ces proſcriptions, mais on dit ſeulement en general que c'eſt pour avoir parlé des Puiſſances & du Gouvernement. Le pauvre M. Sarazin, que ſes agreables ouvrages vous auront ſans doute fait connoiſtre de reputation, eſtant ſur la Frontiere de Lorraine y a receu avis qu'on le cherchoit auſſi, & n'en eſt point revenu. Samedy dernier M. l'Eveſque de Graſſe receut auſſi une lettre de cachet du Roy, portant ordre

de s'en aller à son Diocese, &
la lettre dit, que cét ordre luy
eſt donné, parce qu'il n'avoit
pas obeï à celuy que tous Meſ-
ſieurs les Eveſques, qui eſtoient
icy, receurent il y a quelque
temps par les Agens du Clergé
de ſe retirer dans leurs Eveſchez. Il y avoit long-temps
qu'il ſe fuſt rendu au ſien,
ſans un procés qu'il a au Grand
Conſeil pour l'union de Graſſe
& de Vence, lequel ſe devoit
juger dans trois jours. Il partit
neanmoins auſſi-toſt qu'il eut
receu la lettre de cachet, &
je vous avouë que cette cir-
conſtance de procés, & l'incom-
modité qu'il recevra des grandes chaleurs m'a fait ſouffrir
cette ſeparation avec un ſenſible déplaiſir. Si vous entendez

parler de fa retraite, vous en pourrez dire la caufe, telle que je vous la viens de reprefenter, & vous affeurer que c'eft la pure verité.

Je crains que les nouvelles qui feront arrivées à Rome de nos mauvais fuccés ne retardent l'expedition des Peres de la Doctrine Chreftienne. Je fçay leur bon droit, & les recommandations que M. l'Ambaffadeur en a receuës, ce qui me fait efperer qu'il leur fera l'honneur de les proteger puiffamment. Je vous prie de faire mes baife-mains au Pere Rouffeau, & de l'affifter en tout ce que vous pourrez. S'il revient bien-toft, obligez-moy de m'envoyer par luy l'Hiftoire du Pape Alexandre III.

qui

qui est un petit livre de Lore-
dano : bien qu'il soit imprimé
à Venize & en faveur des Ve-
nitiens, il ne laisse pas de se
trouver à Rome.

J'oubliois à vous dire qu'à la
la prise de Dixmude, le fils du
Marquis de Neesle a esté tué,
& le Marquis Noirmonstiers,
& Messieurs de Clanleu & de
Grave blessez, mais le dernier
plus dangereusement que les
deux autres.

Je vous demande la conti-
nuation de vos lettres & celle
de vostre amitié, & suis,

MONSIEUR,

Vostre, &c.

A Paris ce 19. Juillet 1647.

B

LETTRE III.

MONSIEUR,

Vous devez avoir receu à cette heure les lettres, que je vous ay écrites depuis que j'ay sceu voftre arrivée à Rome. Avant que d'avoir receu voftre derniere, j'avois vû la Relation Italienne du foulevement de Naples que le Courrier dépefché exprés par M. de Fontenay avoit apportée, mais je ne laiffe pas de vous eftre obligé d'avoir eu la penfée de m'en donner la communication; je l'envoyay hier avec vos lettres à Monfieur voftre Pere. Vous m'obligerez bien fort de me

faire part de la ſuite de ce ſou-
levement, & de celuy de Sicile. L'un & l'autre auront
bien temperé la joye des Eſpagnols pour la levée du ſiege
de Lerida, & pour la priſe de
Landrecis, dont celle de la
Baſſée nous a fait aiſément di-
gerer la perte.

On continuë à négotier à
Munſter pour la Paix generale,
encore que le Comte de Frant-
manſdolf principal Plenipotentiaire de l'Empereur en ſoit
parti pour retourner vers ſon
Maiſtre. Les Suedois continuent leurs progrés en Allemagne. Le Duc de Baviere
demeuré ferme dans la Neutralité, & le jugement qu'il a fait
rendre contre Jean de Werth
a eſté cauſe que les troupes

de ce Duc qu'il avoit débau-
chées, l'ont abandonné & font
retournées à fon fervice. M.
de Turenne a fait arrefter le
Lieutenant General Rofe, &
l'a fait conduire dans Phi-
lifbourg. On l'accufe d'avoir
fomenté la Sedition des Alle-
mans de l'armée du Roy, &
d'avoir eu intelligence avec
l'Empereur. Tous leurs Chefs
leur ont efté ôtez, & par ce
moyen on efpere de les rame-
ner bien-toft à la raifon, &
que cette armée fervira comme auparavant.

M. de Boüillon eft icy. Les
Commiffaires que le Roy &
luy avoient envoyé à Sedan
pour en évaluer le Domaine
en font revenus. Mais comme
il croyoit aller prendre poffef-

sion de Chasteau-Tierry, qui
est une des terres qu'on luy
doit donner. Mademoiselle
luy a fait signifier que comme
heritiere de la Maison de
Montpensier, elle prétend que
la Principauté de Sedan luy
appartient. C'est un grand
different qu'il a à démesler, &
qui ne sera peut-estre pas si-tost
vuidé.

On écrit d'Helbrun qu'un
homme Envoyé par Monsieur
de * * *. a esté arresté, &
trouvé chargé de lettres &
d'instructions, qui marquent
quelque intelligence avec les
Ennemis, & entr'autres avec
l'Archiduc Leopold.

M. le Cardinal Mazarin arriva icy hier au soir. Le Roy
& la Reine sont attendus au-

jourd'huy. Vous aurez ſceu la promotion de M. d'Hemery à la charge de Sur-Intendant des Finances. Depuis ſon retour à la Cour, il s'eſt toûjours trouvé mal, mais il commence à ſe guerir.

Nos Armées de Flandres & celles des Eſpagnols s'obſervent; & à meſure que les unes s'augmentent, les autres diminuent. On eſpere de là que nous ferons quelque choſe avant la fin de la campagne. Je vous ſupplie de faire mes baiſe-mains au R. P. Rouſſeau, de l'obliger en tout ce que vous pourrez, & de croire que perſonne n'eſt plus que moy,

MONSIEUR,

Voſtre, &c.

A Paris ce 9. Aouſt 1647.

LETTRE IV.

MONSIEUR,

Je suis bien-aise que vous ayez receu la premiere de mes lettres. Je croy que les autres vous auront esté renduës de la mesme sorte, vous les ayant toutes envoyées dans le pacquet de M. l'Ambassadeur. J'aurois plus de sujet de vous faire des remercimens de vos lettres, que vous n'en avez de m'en faire des miennes. Mais il vaut mieux quitter les complimens de part & d'autre, & pour vous en donner l'exemple, je vous diray que M. Mascaron a receu vostre lettre, &

qu'il m'a promis de vous y faire réponfe. Quant vous luy voudrez écrire, il ne faudra mettre autre chofe à la fufcription qu'Advocat en Parlement.

On attend icy bien-toft le P. Rouffeau avec bonne expedition de fes affaires. Si vous avez quelques livres pour moy, il me fera bien la faveur de me les apporter. Souvenez-vous, s'il vous plaift, de les faire collationner, car les Libraires d'Italie vendent fouvent des Livres pour parfaits, où il manque quelque chofe, & une partie de l'ouvrage pour l'ouvrage entier. Si vous m'achetez toutes les œuvres de Fulvio Tefti, je vous prie que ce foit de l'impreffion la plus belle

&

& la plus ample. Je suis bien-
aise que vous ayez trouvé la
Conjuration des Barons de
Naples, car le livre est bon &
rare. Je pense vous avoir demandé le *Riposo del Borghini*
par mon memoire, que si celuy que vous avez acheté n'est
pas pour moy, je vous prie de
m'en acheter un, comme aussi
l'Histoire de Naples d'*Angelo
di Costenzo.* Je sçay bien qu'elle
se trouve difficilement, mais
si elle se rencontre, vous m'o-
bligerez de ne la pas laisser
échaper. Je n'ay point besoin
de l'Histoire de *Paglirini*, puis
qu'elle est en latin: mandez-
moy, s'il vous plaist, combien
on vend le Vazari en trois
volumes imprimé de nouveau.
La suite dont vous me parlez

C

est bonne, un de mes amis me l'a apportée, & je vous conseille de l'acheter pour vous, si vous prenez le Vazari.

Vous avez raison de dire qu'il y a beaucoup de tromperies aux manuscrits, c'est pourquoy il ne faut point en acheter, si l'on n'est asseuré qu'ils soient bons, par quelques personnes intelligentes & fidelles.

Il seroit difficile, veu les choses que vous me mandez, d'envoyer des livres à M. Courbé & à M. Petit, où ils pussent trouver leur compte. Pour le Strada M. Courbé m'a promis de vous écrire ; il vous prie de continuer ce que vous avez commencé de négocier, & de tâcher à luy en envoyer une partie, moyennant quelque ré-

compenſe, qu'il fera à l'Auteur.
Il vous prie auſſi de vous ſouve-
nir qu'il faudroit qu'il y euſt une
ſuite à ce que vous envoyerez
pour ſon deſſein, & qu'il vint
par une voye prompte.

Je ne doute pas que vous ne
faſſiez progrés en la langue
Italienne, quand vous vous y
appliquerez. Le principal eſt
de lire de bons livres, & de
frequenter des Italiens qui par-
lent bien.

Je vous rend graces, Mon-
ſieur, de vos nouvelles, dont
je vous demande la conti-
nuation, principalement de
celles de Naples & de Sicile.
Je me doutois bien que celle
de la levée du ſiege de Lerida
cauſeroit à Rome des mouvemens bien differens dans l'eſ-

prit des François & des Espagnols. Monsieur le Prince écrit
que ceux-cy font mine de le
vouloir venir attaquer; mais que
s'ils le font, il espere de les en
faire repentir. Ils ont separé en
Flandres leurs forces en trois
corps, afin de nous obliger à
faire le mesme des nostres, qui
sont en plus grand nombre
que les leurs. Les Flamans
sont au desespoir d'avoir acheté si cher la prise de Landrecis;
car la perte de la Bassée les
incommode six fois plus que
cette autre conqueste ne les
accommode. De sorte que
l'Archiduc Leopold qui se
promettoit de si grandes choses au commencement de la
campagne, n'est guere plus
heureux ny plus estimé que les

Gouverneurs qui l'ont precedé.

Les Plenipotentiaires des Hollandois font fur le point de retourner à Munfter pour obliger les Efpagnols à conclure la Paix, conformément au projet du mois de May 1646. dont nous fommes demeurez d'accord, & l'on dit qu'en cas de refus de la part des Efpagnols, ils fe font obligez de mettre en campagne, & de fe joindre à nous pour les reduire.

Leurs Majeftez font de retour icy depuis quelque jours. On croit qu'elles iront au Parlement au commencement du mois prochain, pour faire verifier plufieurs Edits, & qu'enfuite elles iront à Fontainebleau.

C iij

Je viens de recevoir voftre lettre du quatriéme de ce mois avec le petit livre & les papiers qui l'accompagnoient , dont je vous remercie. Nous n'avons à prefent aucune nouveauté que deux volumes de lettres de M. de Balzac , & l'Heraclius de M. Corneille. Si vous voulez que je vous les envoye , ou quelqu'autre chofe , vous n'aurez qu'à me donner une adreffe , & je vous les feray tenir auffi-toft. Je n'ay pû vous écrire cette lettre de ma main , parce que j'y ay la goutte depuis deux jours. Je fuis ,

MONSIEUR,

Voftre, &c.

A Paris ce 16. Aouft 1647.

LETTRE V.

MONSIEUR,

Mon indifposition qui ne
diminuë point encore, ne me
permet que de vous remercier
de ce que vous m'avez envoyé,
& des nouvelles que vous m'a-
vez mandées. Depuis l'Ordinaire qui m'aporta voftre lettre
du 12. du mois paffé. Il eft venu
un Extraordinaire, qui aporte
bien la continuation des troubles de Naples, mais avec
cette circonftance, que le Peuple eft maintenant auffi animé
contre ceux, qu'ils croyent
Partifans des François, que
contre les Efpagnols. Il femble

C iiij

aussi que le soûlevement d'Is-
chia & de Procita en faveur
de la France, qui avoit esté crû
certain, ne le soit pas, puisque
le Viceroy a arresté ceux qui
estoient déja embarquez pour
y aller donner ordre. Vous
m'obligerez de me mander ce
que vous pourrez apprendre
de la suite de cette affaire.

Pour les nouvelles de deça,
vous sçaurez que les quatre
Regimens, que M. de Turenne
avoit envoyez dans le païs
Messin, sont passez en Flandres,
& qu'il les suit luy-mesme en
personne avec cinq ou six mille
hommes , ce qui nous fait
esperer que nos Armées estans
fortifiées de celle-là, pourront
encore faire quelque chose
avant la fin de la Campagne.

Celle de l'Archiduc s'eſt retirée
dans les Fauxbourgs de l'Iſle,
& en ſa retraite avoit dreſſé
une ambuſcade à M. de Gaſſion ſe doutant bien qu'il ſor-
tiroit de ſon poſte pour le
charger en queuë, ce qui arriva ainſi; mais M. de Gaſſion
en ſortit à ſon honneur. On
ne croit pas que l'Archiduc
puiſſe ſubſiſter long-temps au
lieu où il eſt, parce qu'il affa-
meroit la ville de l'Iſle, qui eſt
déja fort incommodée depuis
que nous tenons la Baſſée; &
je croy qu'ils rendroient volontiers Landrecis & une autre place pour celle-là, tant
elle nous donne de moyens de
courre dans la Flandre & de
l'endommager.

Monſieur le Prince preſſe

toûjours pour obtenir permiſſion de revenir. On croit que
M. l'Archeveſque d'Aix ira
commander en ſa place en
Catalogne , dés qu'il ſera
Cardinal; & que M. le Ma-
reſchal du Pleſſis ſera ſon Lieutenant.

Le voyage de Fontainebleau
eſt encore incertain,& l'on doute meſme qu'il ſe faſſe , parce
que le Parlement doit eſtre
continué pour quinze jours ,
pour faire verifier des Edits.
Leurs Majeſtez ne quitteront
pas Paris que cela ne ſoit fait :
Un de ces Edits eſt pour faire
un ſecond Chaſtelet icy. Dequoy le Lieutenant Civil & ſes
Confreres ſont en grande allarme. Mais il faudra à mon avis
qu'ils en paſſent par là.

L'Homme de Monſieur de
***. qui a eſté arreſté à
Hailbrun, eſt ce N. qui a
tant fait icy de mauvais livres.
On dit qu'il a avoüé qu'il
venoit d'Eſpagne, & qu'il y
avoit négocié de remettre les
Iſles de Martigues entre les
mains des Eſpagnols.

Le Pere de M. le Mareſchal
de la Motte a preſenté Re-
queſte au Parlement pour eſtre
receu Appellant de la proce-
dure commencée contre ſon
Fils, prétendant qu'il ne peut
eſtre jugé qu'au Parlement de
Paris, tant à cauſe qu'il y eſt
domicilié, que pour ſa qualité
de Gentilhomme & de Mareſchal de France. La Cour l'a
receu Apellant, & a fait def-
fenſe à tous autres Juges de

connoiftre de fon Affaire. Nous
verrons ce que leurs Majeftez
ordonneront fur cela.

Les Peres de la Doctrine
Chreftienne ont receu leurs
expeditions, & ont déja eu
des Lettres patentes, dont ils
pourfuivent l'enregiftrement.
Le Pere Roufleau leur a mandé qu'il a receu une puiffante
protection de M. l'Ambaffadeur, & de vous beaucoup de
civilitez & de bons offices,
dont ils vous font extrémement
obligez, & moy avec eux. Si
vous ne pouvez m'envoyer par
luy tous les livres que je vous
ay prié de m'acheter, il fuffira
de m'envoyer le refte par quelque commodité, ou en tout
cas de les bailler à M. de
Saint Nicolas qui prendra la

peine de me les faire tenir ;
je vous supplie d'y ajoûter un
petit livre intitulé *Le Finte forti.*
Vous ne m'avez encore rien
demandé d'icy, je ferois marry
que vous vous adreffaffiez à un
autre qu'à moy, pour les chofes que vous croirez que je
puiffe faire. Je vous envoye
une Ballade de M. de Voiture
toute nouvelle fur la prife de
la Baffée ; un Bout-rhimé fait
fur le champ par M. de Ver-
deronne, fur le mariage d'une
foeur de M. Marion de Lorme,
& deux couplets de Chan-
fon de M. Patris, qui font
fi nouveaux, qu'il n'y a point
encore d'air. S'il y en eut
eu un, je l'euffe fait noter.
Peut-eftre que Mademoi-
felle de Fontenay ne fera pas

marrie de voir ces galanteries,
que l'on trouve toutes fort
jolies. Je suis,

MONSIEUR,

Voſtre, &c.

Ce 6. Septembre 1647.

LETTRE VI.

MONSIEUR,

Voicy la premiere lettre que
j'ay écrite moy-mesme depuis
six semaines, ma main est encore si foible que je ne vous
feray qu'un mot, pour vous remercier de tant de soins que
vous prenez pour moy. Tout
ce que vous avez répondu aux
civilitez de M. l'Abbé de Saint
Nicolas est si bien, que si j'a-
vois assez de force pour luy
écrire, Je ne pourrois que co-
pier ce que j'ay lû dans vostre
lettre : Mais quand je seray en
cét estat, je me donneray l'honneur de luy en faire une tout

exprés, pour luy apprendre toutes les bonnes qualitez qui
font en vous , & que voftre
modeftie ne permet pas que
l'on découvre que par une longue converfation. Toutes les
fois que vous le verrez, je vous
prie que j'aye part en vos en-
tretiens , & qu'il fçache de
cette obligeante maniere que
vous fçavez dire les fentimens
de vos amis , que je fuis paf-
fionnément fon tres-humble
ferviteur.

Il y a tant de chofes étranges dans le foulevement de
Naples, que plus on en apprend de nouvelles, & plus on
defire d'en fçavoir. C'eft pourquoy je vous demande la continuation de ce que vous en
apprendrez de veritable.

Or

On nous asseure que l'Armée du Roy, & celle de Monsieur de Savoye assiegent Cremone. Si cette place se prend, & qu'il y ait rumeur dans l'Estat de Milan, comme on a dit, les Espagnols pourront avoir encore bien des affaires de ce costé là, quoy qu'ils en ayent déja beaucoup ailleurs. Ils font neanmoins toûjours les rencheris pour la conclusion de la Paix, & voyans que les Mediateurs arrestoient à toute force Monsieur de Longueville à Munster, Ils ont fait de leur costé tout ce qu'ils ont pû pour obliger les Hollandois à n'y renvoyer point leurs Plenipotentiaires ; ce qu'ils n'ont pourtant pû obtenir, car ils y sont retournez.

D

& l'on espere que bien-tost il
faudra qu'ils se déclarent pour
la conclusion ou pour la rupture.

Depuis que les ennemis ont
envoyé des troupes dans le
Luxembourg , pour couvrir
leurs places, qui estoient toutes dégarnies , nostre Armée
de Flandre est plus au large;
& l'on croit que nonobstant
que la saison est avancée, elle
ne laissera pas de tenter quelque chose pour finir la campagne honorablement. L'Archiduc ayant eu peur , qu'on en
voulust à Armentieres , s'est
logé sous sa coulevrine avec
toutes ses troupes. Quelques-
uns croyent que l'on assiegera
Ypres; mais il n'y a encore rien
de certain.

Le Roy & la Reine font à
Fontainebleau depuis Lundy,
& le Confeil eft parti pour y
aller.

On mena hier le Maref-
chal de la Mothe à Grenoble,
nonobftant les Arrefts du Parlement de Paris, portant def-
fenfe à tous Juges d'en connoiftre, on attend quelle fera
la fin de cette affaire. L'Evefque de Rennes fon frere eft à
Grenoble, refolu de ne fe retirer point en fon Evefché, encore qu'on luy ait ordonné par
une Lettre de Cachet ; il dit
que fon Frere eftant deftitué
d'avis, de confeil & d'affiftance, on ne le peut pas empefcher d'eftre au lieu où on le
le veut juger, pour folliciter
pour luy.

D ij

J'ay envoyé voſtre paquet à Chartres, & vous conjure de m'employer en toutes les choſes où je vous pourray eſtre utile, & de me croire,

MONSIEUR,

Voſtre, &c.

Ce 20. Septembre 1647.

LETTRE VII.

MONSIEUR,

J'ay fait une perte depuis
peu d'une perſonne, qui outre
la proximité du ſang me tou-
choit par une amitié tres-parti-
culiere. Ce qui m'a tellement
accablé de douleur dans la
langueur ou j'eſtois encore depuis ma maladie, que je ſuis
incapable de toute action; Cela
me ſervira, s'il vous plaiſt,
d'excuſe, ſi aujourd'huy, je
vous fais un ſimple remerciment de voſtre lettre du deuxiéme de ce mois; & des nouvelles, dont elle eſtoit accom-
pagnée, ſans vous en rendre

en échange, par ce que n'a-
yant efté jufques à cette heure
que dans cette maifon de deüil,
je n'ay pû rien apprendre de ce
qui fe paffe dans le monde,
J'ay fceu feulement qu'il ne s'y
dit rien de confiderable , &
qu'il y a apparence que la campagne s'achevera fans que de
part & d'autre on tente rien
d'important. Si les revoltes
de Naples & de Sicile continuent, & fi les Napolitains ont
affez de refolutien & de conduite pour chaffer le Vice-
Roy , & pour fe faifir des
Chafteaux, cela pourroit bien
faire fonger les Efpagnols
tout de bon à la Paix, au lieu
que jufques à maintenant, ils
n'ont eu pour but que de jetter
de la poudre aux yeux à tout

le monde, & de tirer les chofes en longueur. Je vous demande la continuation de
tout ce que vous en pourrez
apprendre.

Madame la Duchesse de
Longueville est accouchée
d'une fille depuis deux jours;
il y eust eu plus de joye si c'eust
esté un fils, mais elle n'a pas
laissé d'estre la bien venuë.

Je vous remercie par avance
de ce que vous m'envoyez par
le Pere Rousseau. N'oubliez
pas d'en tenir memoire, & de
tout le reste que vous voulez
bien prendre la peine de m'a-
cheter. Je suis marry que vous
ne l'ayez chargé de tout; car
il n'eust pas esté fâché de m'o-
bliger en cette rencontre, &
c'estoit une voye bien assurée.

Un des fils de M. de Rambouïllet qui a une si belle maison hors la porte S. Antoine, & qui se nomme M. de la Sabliere s'en va en Italie. Ie luy donneray une lettre pour vous, par laquelle je vous le recommanderay comme estant son amy, & celuy de toute sa famille. Servez-luy de guide, je vous prie, & l'obligez en tout ce que vous pourrez ; Et pour me rendre la pareille, servez-vous de moy en toutes les occasions où je pourray vous témoigner que je suis plus que personne.

MONSIEUR,

Vostre, *&c.*

A Paris ce 25. Septembre 1647.

LETTRE

LETTRE VIII.

Monsieur,

Je vous écrivis la semaine passée fort à la haste, & je fais ce mot avec encore plus de precipitation, en montant en carosse pour aller à Fontainebleau. On croyoit que toute la Cour en reviendroit, la Reine estant déja revenuë seule pour voir M. le Duc d'Anjou à qui une dissenterie est survenuë, mais qui se porte un peu mieux. Sa Majesté s'en retourne aujourd'huy, je né croy pas que l'affaire qui m'y fait aller m'y arreste plus de cinq ou six jours, & j'es-

E

pere qu'a mon retour je trou-
veray icy de vos lettres, & que
je vous y pourray faire réponfe par le prochain ordi-
naire.

La lettre que je vous envoye
pour un *Guardaroba* du Pape,
m'a esté fort recommandée
par un de mes amis. Je vous fupplie de faire en forte qu'elle luy
foit renduë en main propre,
& de luy faire dire que s'il
vous en veut donner la réponfe vous la ferez tenir : il ne
faudra s'il vous plaift que me
l'envoyer s'il vous la donne,
excufez moy je vous prie fi je
vous donne cette peine, mais
je n'ay peu refufer celuy qui
m'y a obligé. Noftre armée
de Flandres ayant mis le fiege

devant Lens , M. de Gaſſion
a eſté bleſſé à la teſte d'un
coup de mouſquet que l'on a
jugé d'abord mortel. Le Comte de la Feuillade Mareſchal
de Camp a eſté auſſi bleſſé de
meſme , & M. de Villequier
moins dangereuſement. Je
n'en ay peu ſçavoir d'autres
particularitez à cauſe de mon
depart , ſi non que la place
demeure aſſiegée, & qu'on la
croit priſe a cette heure ou
preſte de ſe rendre.

Nous attendons nouvelle
de l'entrée de nos armées, &
de celle du Duc de Modene
dans le Milanois, & des ſou-
levemens de Naples & de
Sicile. Si j'apprens quelque
choſe à Fontainebleau je vous

E ij

Je feray sçavoir à mon retour,
Cependant je vous conjure
de me croire toûjours,

MONSIEUR,

Voſtre, &c.

A Paris ce 2. Octobre 1647.

LETTRE IX.

MONSIEUR,

A mon retour de Fontai-
nebleau j'ay trouvé icy deux
de vos lettres du 9. & du 16. du
mois passé. Je vous remercie
de la peine que vous prenez
à me chercher les livres que je
vous ay demandez. Mais sou-
venez vous toûjours s'il vous
plaist, que ce soit sans vous
incommoder, & interrompre
les affaires plus importantes qui
vous occupent. Je ne suis point
pressé des sermons du P. Nar-
ni. Si vous en rencontrez quelque jour un in folio vous m'o-
bligerez de me l'achepter.

E iij

Mais ce ne doit eſtre que lorſque l'occaſion s'en preſentera.
Pour le *Borghini*, je croyois l'a-
voir mis ſur mon memoire.
Je n'ay garde pourtant d'accepter celuy que vous avez acheté
pour vous & que vous m'of-
frez, il ſuffira qu'à voſtre loiſir
vous me faſſiez la faveur de
me le faire chercher, & l'Hiſtoire de Naples *d'Angelo di*
Coſtenzo auſſi, car je deſire ſur
tout d'avoir ces deux livres
quoy qu'ils puiſſent couter. Si
le Vaſari qu'on a imprimé depuis peu, eſt auſſi ample que
l'ancien, & qu'il ſoit de belle
impreſſion & bien correct, vous
m'obligerez d'en prendre un
pour moy en blanc; mais il n'y
a rien qui preſſe, & ce ſera
aſſez de l'achepter quand vous

ferez preft à revenir. Si vous
rencontrez des livres vieux
ou nouveaux qui foient en reputation pour leur bonté auprés de ceux qui s'y connoif-
fent , prenez la peine de m'en
envoyer les tiltres , & de tenir memoire de tout ce que
vous m'achepterez. N'ou-
bliant pas de m'indiquer une
voye pour vous en faire tenir
l'argent ; car autrement j'en
chercherois une icy qui ne feroit peut-eftre pas fi commode
que celle que vous pourrez me
donner , je vous reitere auffi
la priere que je vous ay faite de
vous fervir de moy auec autant de liberté que j'en prens
à vous importuner. Je tiendray le petit Heraclius tout
preft pour vous l'envoyer par

la premiere commodité d'amy
qui fe prefentera.

Jamais il n'y eut icy moins
de nouveautez , taut imprimées que manufcrites , qu'il y
en a cette heure, la Poetjque de
Caftevetro eft fort rare icy.
J'en acheté dernierement une
pour un de mes amis qui me
coufta 25. livres; fon Petrarque
n'eft pas fi bon, il ne fe trouve
gueres plus aifement , & eft
prefque auffi cher , fi vous en
acheptez prenez garde qu'ils
foient entiers , & qu'on n'en
ait point arraché de feüillets.
Il faut obferver la mefme chofe pour les livres de *Savonarolle*
au cas que vous en foyez curieux. Je fuis bien aife pour la
gloire de la nation , & pour la
fatisfaction particuliere de M.

l'Ambaſſadeur , que ſon au-
dience publique ait eſté ſi magnifique. Je croy que la vani-
té des Eſpagnols en aura eſté
fort choquée; mais ils devroient
eſtre accouſtumez à ceder à la
France , depuis le temps que le
Ciel luy donne ces avantages
ſur eux.

Le Gazettier ne nous a point
encore donné la nouvelle du
tremblement de terre dont
vous me parlez. Il la garde
ſans doute pour quand il en
manquera d'autres. Il eſt vray
qu'il commence fort à ſe re-
laſcher, & qu'il eſt moins ſoi-
gneux qu'autresfois d'eſtre aſ-
ſeuré de la verité de ce qu'il
dit. Ce n'eſt pas que pour ce
qui ſe paſſe à Naples & en
Sicile, il n'y ait des gens plus

habiles & moins intereffez que
luy qui ont efté mal informez, & vous fçavez vous mefme que les premiers avis qui
en vont à Rome, ne font pas
toûjours confirmez; & que les
chofes fe content fouvent fort
diverfement. Je m'imagine
que le Viceroy ne s'eft refolu
à figner les conditions que le
Peuple luy a impofées, qu'afin
de gagner du temps,& de l'o-
bliger à fe feparer & à fe d'e-
farmer. Mais il a affaire à des
gens qui n'ont pas envie comme je croy de fe remettre foubs
le joug, qu'ils ont efté fi long-
temps à fecoüer. Il eft vray
que c'eft le Peuple, c'eft à
dire une befte feroçe qui fait
tout chofes fans raifon.

Nous avons perdu M. le

Mareschal de Gassion au siége
de Lens. Sa teste devoit estre
le prix d'une toute autre conqueste, & une Province entiere ne la valloit pas. Il a esté
extremement regretté à la
Cour. Depuis sa mort les
Ennemis se sont avancez vers
Dixmude, que l'on dit qu'ils
assiegent. On disoit aussi que
nos gens vouloient assieger
Doüay pour faire diversion;
mais je croy que de ces deux
bruits le premier est le plus
certain. Il en court un autre
tres-facheux pour nous, qui est
que le Duc de Baviere voyant
M. de Turenne éloigné d'Ale-
magne à baillé une partie de
ses troupes à l'Empereur, &
avec le reste assiegé Memminghen, qui est une des places

qu'il à mife entre les mains
des Suedois , en traittant la
neutralité avec éux , & avec
nous. Je croy que cela obligera M. de Turenne à reprendre
bien-toft fon ancien pofte.
Maisje crains que les Efpagnols
tirant avantage de cette def-
fection, ne fe rendent encore
plus difficiles à la conclufion
de la paix, que les Plenipotentiaires d'Hollande , font
allez tâcher de faire à Munfter.

Le Landgrave de Heffe eft
icy depuis quelque temps, où
il a receu de tres-grands honneurs. Il eft tres-bien fait, &
tres-fage, & à un train lefte &
magnifique. Il a efté à Fontainebleau, où il a efté auffi

grandement régalé. Conti-
nuez à m'aimer & à me
croire,

MONSIEUR,

Voſtre, &c.

A Paris ce 10. Octobre 1647.

✠✠✠✠✠✠✠✠✠✠✠✠✠

LETTRE X.

MONSIEUR,

C'eſt une choſe aſſez étrange qu'une emotion auſſi violente que celle des Royaume de Naples & de Sicile, n'ait encore produit aucun changement notable dans ces Eſtats là. Le Peuple eſt un animal farouche, qu'il n'eſt aiſé ny de prendre ny d'éviter. Nous verrons quelle ſera la fin de cette fureur qui l'a animé en cette rencontre, & s'il aura aſſez de ſens pour ſe garantir de la punition que l'on medite pour ſon ſoûlevement.

Les Eſpagnols aſſiegent Dix-

mude que nous leur avions
prife au commencement de la
Campagne. Je croy qu'ils pre-
tendent la finir par la reprife
de cette place ; mais nous nous
preparons à la leur empefcher.
De part & d'autre , il y a apparance que ce fera le dernier
exploit , qui fe fera de cette
année dans la Flandre. Il y a
fept compagnie de fuiffes dans
cette ville là , qui font fort
refolues de fe bien deffendre.

Monfieur de Turrenne eft
encore dans le Luxembourg ;
mais il fe rapproche de la
Frontiere d'Allemagne , où
l'on croit qu'il repaffera pour
tâcher de remedier à la deffe-
ction du Duc de Baviere, qui
affiege Memminghen qui eft
une des Villes qu'il avoit mi-

ſes entre les mains des Suedois, quand il traitta la neu-
tralite avec eux, & avec la
France. On dit que le Duc
de Saxe arme auſſi pour l'Empereur. Je crains que tout cela
ne faſſe encore fuïr aux Eſpagnols, la concluſion du
traitté de la Paix generalle.
Les Deputez Hollandois qui
juſques icy leur avoient paru
ſi affectionnez, commencerent
à reconnoître leurs artifices, &
à les favoriſer moins depuis
leur retour à Munſter
qu'ils n'avoient fait auparavant.

　Il court un bruit de la
priſe de Cremone, par les armées confederées d'Italie que
l'on fait monter à 16000.
hommes,

　　　　　　　　　　Mon-

Monſieur Le Prince aſſiege une petite place importante dans la Catalogne nommée Agers. On ne l'attend icy qu'à la fin de Novembre.

Nous appriſmes hier la promotion de M. l'Archevêque d'Aix, & de cinq autres au Cardinalat. Je croy qu'il ne tardera plus gueres à paſſer en la Catalogne, quand il aura receu le chapeau. La Cour qui eſt à Fontainebleau en doit revenir demain ou Lundy. Monſieur ſe porte mieux qu'il n'a fait, graces à Dieu. Le Landgrave de Heſſe eſt encore icy, toûjours fort leſte & fort careſſé. Le Pere Rouſſeau n'eſt pas encore arrivé, on l'attend dans dix ou douze jours. Il a écrit

F

à ſes Superieurs , que vous luy
avez donné beaucoup d'aſſiſtã-
ce, & fait beaucoup de civilitez,
dont ils m'ont prié de vous
remercier comme je fais, avec
aſſeurance de leur part & de
la mienne , qu'en toutes les
occaſions ou nous pourrons
eſtre utiles à vous ou, à vos
amis, vous y trouverez une entiere diſpoſition à vous témoigner une ſincere reconnoiſſance de vos bons offices , & particulierement , en

MONSIEUR,

Voſtre, &.

À Paris ce 18. Octobre 1647.

LETTRE XI.

MONSIEUR,

Nous attendons avec impatience la suite des nouvelles de Naples, que j'ay apprises dans voſtre derniere lettre. Ce ſera ſans doute la criſe de ce ſoûlevement populaire qui a duré ſi long-temps , & qui pouvant produire de grandes choſes s'en ira en fumée ; puiſque ces mutins n'ont pas ſçeu joüir du benefice du temps. Cependant ce ne ſeront peuteſtre pas lesplus coupables, mais les plus malheureux qui ſeront le sv ictimes publiques.

F ij

On croit icy que M. le Cardinal d'Aix ne partira pas si-tôt de Rome, je n'en ay pas oüy dire la cause; on l'attend neanmoins en Catalogne en qualité de Viceroy. Monsieur le Prince en doit bien tost partir pour se rendre icy vers la Saint Martin. Il a pris Agers petite place importante sur la frontiere d'Arragon.

La fin de la campagne ne nous a pas esté heureuse. Cette armée d'Italie composée de nos forces, & de celle des Ducs de Savoye & de Modene, qu'on faisoit monter a 16000. hommes n'a fait que se monstrer, & est disparuë en mesme-temps. En Flandres nous croyons Dixmude secouru lors qu'il a

esté pris, & les Espagnols qui
ne sont pas chiches de rodo-
montades, se vantent de nous
enlever encore Courtray avant
que de se mettre en quartier
d'hyver. Ce ne sera pas
une petite entreprise pour une
armée fatiguée comme la leur,
sur le bord de l'hyver, & ayant
à vaincre la resistance de quatre mille bons hommes que
nous avons dans cette place.
Les Hollandois semblent se de-
sabuser de la piperie de ces faux
amis qui par leurs soûmissions
& leurs defferances croyent les
attrapper. On dit qu'ils les
veulent presser de conclure
avec nous, ou qu'ils rompe-
ront avec eux. C'est un ouvrage pour l'hyver. Je ne vous

puis rien dire de plus aujour-
d'huy, fi non que je fuis de tout
mon cœur,

MONSIEUR,

Voftre, &c.

À Paris ce 25. Octobre 1647.

❊❊❊❊❊❊❊❊❊❊❊❊❊❊❊❊❊❊

LETTRE XII.

MONSIEUR,

Cette lettre vous fera rendüe par M. de la Sabliere de qui je vous ay déja annoncé le voyage à Rome, comme une bonne nouvelle. Quand vous le verrez vous jugerez aifément que j'ay eu raifon de vous parler de luy comme j'ay fait ; & que c'eft moins une importunité qu'une faveur de donner à fes amis la connoiffance des perfonnes qui luy reffemblent. Il m'a promis de faire amitié avec vous , & je l'ay affeuré qu'il vous trouveroit fort bien difpofé de voftre

cofté. Dégagez donc ma parole, je vous en prie, & luy
donnez toutes les adreffes
dont a befoin un nouveau venu en un lieu fort éloigné de
fa patrie, & où il n'a jamais
efté. Rendez-luy auffi, s'il
vous plaift tous les bons offices que vous pourrez, tant
auprés de M. l'Ambaffadeur,
qu'en toute autre occafion, &
croyez que vous ne me fçau-
riez obliger d'avantage qu'en
l'obligeant. Outre la faveur
que vous me ferez, je vous a-
vertis qu'il eft d'une tres-grande & tres-reconnoiffante famille, qui prend plaifir à fervir ceux à qui elle n'eft redevable d'aucune chofe, & qui
par confequant ne s'employe-
roit pas fans chaleur pour vous,

fi

fi elle vous pouvoit eftre utile.
Aprés que vous vous ferez employé pour une perfonne qui luy
touche de fi prés; Mais je vous
dis tout cecy fans befoin, car
vous ne confidererez que luy
feul, dés que vous l'aurez veu;
Et je ne fçay fi dés le premier
jour de voftre connoiffance,
fon merite & fa bonne mine
ne luy gagneront pas la mefme part en voftre affection,
que celle que j'y ay acquife en
plufieurs années, & qui me fait
eftre,

MONSIEUR,

Voftre, &c.

Ce 26. Septembre 1647.

G

❦❦❦❦❦❦❦❦❦❦❦❦❦

LETTRE XIII.

MONSIEUR,

Je ne peus vous écrire par
le dernier Ordinaire pour quelque remedes moins agreables
que n'euſt eſté cette occupa-
tion. Depuis j'ay receu la lettre que vous m'avez fait la faveur de m'écrire, qui contient
en ſommaire ce que j'ay veu
plus au long dans la ſuite des
Relations tres-exactes, qu'un de
mes amis à receuës juſques à
preſent fort reglement, ſur le
ſujet des deſordres de l'Eſtat
de Naples. On nous aſſure
qu'outre ce que vous nous en
avez mandé, le combat du peu-

ple a esté si long & si furieux
qu'il est demeuré plusieurs
milliers des uns, & des autres
sur la place. Que les Napolitains sont resolus de ne retourner jamais sous le joug d'Espagne ; Qu'ils ont appellé nostre
armée à leur secours ; qu'elle y
est couruë ; & qu'ils nous de-
mandent mesme un Roy du
sang du nostre. Tout cela nous
fait attendre avec impatience
l'arrivée du Courier de demain,
pour estre assuré de ce qu'il y
a de vray ; j'espere l'apprendre par vos lettres ; car je ne
doute point que vous n'ayez
pris la peine de me mander
tout ce que vous aurez appris
d'une crise de cette importance.

Je ne vous puis rendre de nouvelles en échange de celles que vous me donnez ; deſormais nous n'en pourons avoir que d'éloignées, y ayant grande apparance que la campagne ne continuera pas en Flandres en cette ſaiſon, & tout ce que l'on fera ſera de tâcher à ſe ſurprendre l'un à l'autre quelque place.

Monſieur de Turenne eſt retourné en Allemagne. Le Duc de Baviere proteſte fort qu'il ne veut point rompre la neutralité avec nous, & qu'il ne l'a rompuë avec les Suedois, que parce qu'ils l'y ont forcé ; Mais il y a apparence que c'eſt un ſecond artifice pour tâcher à mettre le premier à couvert,

& je croy que nous luy ferons voir qu'on les a bien reconnus tous deux.

L'on a donné icy le bal au Landgrave de Hesse qui commence à faire ses adieux pour s'en retourner en son païs. Je ne sçay si je vous ay mandé que le mariage de sa sœur aînée avec le Prince Talmont, fils aîné de M. de la Trimoüille est accordé.

Monsieur de Bergeré frere du Mareschal de Gassion est mort peu de temps aprés luy, de regret à ce qu'on dit, de ce qu'il a perdu un frere qui luy estoit d'un si grand appuy, & de ce qu'on ne luy a pas voulu donner son Regiment.

Le P. Rousseau est arrivé

mais je ne l'ay pas encore veu,
parce qu'il eſt occupé au Cha-
pitre general de leur Ordre qui
ſe tient icy, auquel le R. P.
Hercules a eſté éleu premier
General, ſuivant la Bulle que
le P. Rouſſeau a apportée, qui
portoit permiſſion d'en élire
un François. Cette Election a
eſté faite toute d'une voix,
& avec l'applaudiſſement meſme de ceux qui ont eſté les
plus broüillons. Si vous voyez
M. l'Abbé de S. Nicolas, je
vous prie de luy dire cette nouvelle; parce qu'ayant beaucoup
agi pour les intereſts de ces
PP. & eſtant amy du P. Hercules en particulier, il fera ſans
doute bien aiſe que l'on l'ait
choiſi pour remettre toutes

choſes en bon eſtat, Je croy
que les hardes du P. Rouſſeau
ne ſont point encore arrivées,
& qu'ainſi je n'auray pas encore ſi-toſt les livres dont vous
l'avez chargé. J'en deſirerois
bien encore quelques uns outre ceux du memoire dont vous
m'avez envoyé copie ; mais je
commance a eſtre honteux de
vous eſtre à charge, & que vous
ne m'employez à rien. Si vous
voulez donc que je continuë
ma liberté , commencez a en
uſer d'une pareille envers moy,
& vous m'obligerez.

Il n'a point eſté mis d'air à
la chanſon de M. Patris ; mais
je vous en envoye deux de M.
Lambert, dont M. de Charleval
a fait les paroles. Le dernier

est à la façon Italienne, & tres-
agreable : Si vous en voulez
encore d'autres mandez le moy,
& vous n'en m'anquerez pas ;
je suis ,

MONSIEUR,

Voſtre, &c

A Paris ce 8. Novembre 1647.

LETTRE XIV.

MONSIEUR,

Je ne receus qu'hier voftre lettre du 2 1. du mois paffé, de forte qu'elle ne m'a fait que confirmer les nouvelles que j'avois fceuës déja, & que j'euffe pû apprendre à d'autres, fi elle m'euft efté renduë trois jours plûtoft. Je vous rends grace de ce que vous me les avez écrites fi amplement & fi diftinctement, il n'y a rien aujourd'huy donc on s'entretienne d'avantage que de l'affaire de Naples ; & les moins curieux des chofes publiques, en attendent la décifion avec im-

patience. Si les Efpagnols
font contrains de quiter la partie comme il y a apparence,
je ne fçay comment ils pourront encore éviter la Paix, à
moins que d'eftre aveuglez jufques au point de courir rifque
d'une entiere ruine.

Je n'ay point oüy de nou-
velles des rimes du Tefti, & je
crains bien plus la perte de vôtre amy que celle de mon livre.
Vous m'obligerez de ne m'envoyer que du plus beau papier;
car le faifant venir de fi loin
par curiofité, il eft plus a propos de fe fatisfaire parfaitement qu'avec mediocrité. Le
Pere Roufleau n'a point encore receu fes harde s, ny les livres dont vous l'avez chargé:
Ne cherchez les autres que par

rencontre , & fans y donner
aucun temps , que quand
vous en voudrez avoir pour
vous.

Je crois que M. de la Sabliere eſt maintenant à Rome, où
qu'il y arrivera bien-toſt. Je
l'ay aſſuré que vous auriez la
bonté de lui donner les addreſſes
neceſſaires à un nouveau venu,
& qu'il ſe pourroit fier à vous
de toutes choſes. Je ſuis bien
aiſe de la diſpoſition où je vous
vois de luy faire cette grace ,
dont je partageray l'obligation
avec luy.

Je me doutois bien que la
Balade de M. de Voiture plairoit
à Mademoiſelle de Fortenay.
Car de la ſorte que j'ay oüy
parler de ſon eſprit , les ouvrages qui ont la delicateſſe & la

justesse de ceux de cet Autheur
doivent estre de son goust. Je
souhaiterois qu'il s'en fist souvent de semblables pour vous
donner moyen de l'en regaler ; mais jamais le champ des
Muses ne fut si sterile qu'il est
à cette heure. On a fait quelques bouts rhimez qui sont fort
en vogue depuis peu. Je
vous en envoye un de M. de
Benserade sur son voyage de
Suede, où il va faire un compli-
ment à la Reine de la part de
M. le Cardinal Mazarin. Vous
verrez qu'il est assez heureux
pour la bizarerie des rhimes ; Il
en a fait encore quelques autres ; mais je ne sçay si je les
pourray avoir avant que le
Courier parte ; s'ils ne viennent
pas assez tost, ce sera pour le

prochain Ordinaire. Vous jugerez par ce peu que je vous envoye, que s'il y avoit d'autres
nouveautez, je ne manquerois
pas à vous les faire tenir, je
vous envoyé il y a huit jours
deux airs de M. Lambert avec
la notte.

Quand aux nouvelles, je ne
vous en sçaurois mander qu'u-
ne qui n'est pas agreable, je
veux dire celle de la petite
verolle du Roy : il ne la que
depuis trois jours, & quoy
qu'elle ait esté precedée par
les accidens qui ont coutume
de l'adevancer, il en est neanmoins fort peu malade; De sorte qu'il y a lieu desperer que
non seulement sa santé, mais
mesme sa beauté n'en sera pas
alterée; ce qui est souhaitté de

tous ſes Sujets : & l'on a ordonné des prieres par toutes les Egliſes pour ſa conſervation.

Les Eſpagnols font ce qu'ils peuvent pour ramaſſer ce qu'ils ont de troupes dans le Luxembourg avec les Garniſons de leurs places , afin d'obliger M. de Turenne à repaſſer le Rhin pour garder noſtre frontiere, où Becq a déja brulé quelques villages. Mais je croy que le manquement du Duc de Baviere à garder la neutralité l'obligera à s'avancer vers luy, pour aider les Suedois à le mettre à la raiſon.

Vous aurez appris que M. le Prince avant que de quitter la Catalogne , y a deffait l'arriere garde des Eſpagnols qui y ont perdu 1500. hommes, & levé le siege de Constantin desavantageusement. Je ne m'étendray pas sur les particularitez de cette nouvelle ; parce que je crois que vous l'aurez euë aussi-tost que nous. Aimez moy toûjours je vous en prie, & me croyez,

MONSIEUR,

Vostre, &c.

A Paris ce 15. Novembre 1647.

Je serois bien aise d'avoir une des pieces de monnoye des Napolitains,

✻✾✻✼✻✼✻✼✻✼✻✼✻✾✻

LETTRE XV.

MONSIEUR,

J'ay esté contraint de laisser passer deux Ordinaires sans vous écrire, à cause d'un grand orage de goute qui m'a accablé tout le corps en forme de Rhumatisme, avec des douleurs incroyables, dont je commence seulement à estre soulagé, me restant encore une extreme foiblesse mesme en la main dont je vous écris, Je vous rend mille graces de la continuation de vos soins à me mander les nouvelles de Naples, Il en est comme des Comedies ou plus on apprend de la suite,

&

& plus on defire d'en voir la
fin. Nous attendons nouvelles de l'arrivée de M. de Guife,
& de la reception que luy auront faite les Neapolitains. On
m'a dit que Serizantes eſt parti avec luy , & qu'il aura quelque employ. Il ne luy en pouvoit arriver de plus propre &
de plus conforme à ſon humeur : peut-eſtre que la fortu-
ne ſe plaira à faire quelque choſe d'extraordinaire en ſa faveur,
& qu'elle luy donnera à ſon
tour , puiſqu'il luy a tout donné ; vous ne m'avez rien mandé de luy. Je ſerois bien aiſe
de ſçavoir qu'elle a eſté ſa conduite à Rome, pendant qu'il
y a eſté.

J'ay appris que le Cardinal
Spada ſe remuë fort pour ac-

H

commoder M. l'Ambassadeur
avec le Cardinal Savelli. Vous
me manderez, s'il vous plaist, si
le different a esté terminé, &
de qu'elle façon.

La premiere fois que je verray M. de Scudery, je ne manqueray pas à luy parler; mais
puisque vous luy avez écrit as-
surément, il ne me restera rien
à faire, M. de Loir parle
de faire imprimer sa seconde
partie d'Axiane. Mais M.
Courbé ne s'en veut char-
ger que pour l'imprimer sans
luy donner aucune chose, parce qu'il ne s'enyend point de la
premiere.

Il y a une ancienne traduction de la *Cong'ura dei Baroni di
Napoli*. Je crois que sur l'oc-
curence des troubles de Na-

ples, s'il y en avoit une nouvelle verfion qui répondit au
merite de l'original, elle pourroit eftre bien receuë.

Je vous envoyeray l'Hera-
clius, fi quelqu'un qui le puiffe
porter s'en va bien tôt à Rome;
finon fe fera par M. le Prefident Boutard qui fait eftat de
partir dans la fin de ce mois
pour y aller.

Vous avez bien fait d'avoir
achepté le *Caftel Vetro*, & vous
ferez bien de prendre fon Petrarque quand vous le rencontrerez; Car bien qu'il ne foit pas
fi bon que fa Poëtique, il n'eft
ny moins rare, ny moins cher.
Je vous auray une obligation
particuliere fi je puis avoir l'Hiftoire *d'Angelo di Coftanzo* par
voftre moyen; mais comme il

H ij

n'y a rien de preſſé, je ſuis bien
de voſtre avis, qu'il ne la faut
point chercher, & qu'il faut
ſeulement veiller, ſi elle eſt en
quelque lieu à vendre qu'elle
n'échappe pas. Je vous envoyeray dés que je me porteray
mieux un ample memoire des
meilleurs livres, dont vous
pourrez vous fournir, je vous
ſeray obligé de celuy que vous
me promettez.

Pour *l'Agripina minor* je ſuis
bien trompé, ſi ce n'eſt une de
ſes Hiſtoires Romaniſées, dont
les Italiens produiſent aujour-
d'huy grande quantité : ſi cela
eſt, je la tiens pour veuë. Mais
quand vous en aurez leu quelque choſe, ſi vous trouvez que
je me ſois trompé, & que ce
ſoit quelque bon ouvrage, vous

pourrez m'en acheter un.

Il y a quantité de bons livres sous la presse chez M. Camusat. Les remarques de M. de Vaugelas sur la langue Françoise, commencent à se debiter, & sont déja en grande reputation. C'est un in quarto assez gros: on travaille à cette heure à l'impression de l'homme Chrestien du Pere Senault ; aux confessions de S. Augustin traduites par M. d'Andilly ; au Psautier de M. l'Evesque de Grasse en vers , & à la version de la retraite des dix milles par Xenophon , que M. d'Ablancour a faite. Ce sont toutes pieces d'importance, & qui seront publiques entre-cy & Pasques.

Je croy que M. de la Sabliere fera arrivé à Rome avant

que cette lettre vous foit renduë. Je vous le recommande
toûjours. Il fait de fort jolies
chofes d'efprit , dont vous
pourrez entrer en confidnce
& en commerce avec luy.

Vous aurez appris le danger
où le Roy a efté pendant fa
petite verole ; il en eft maintenant tout à fait dehors. M.
le Prince arriva durant ce mal,
& fe hafta de telle forte , qu'il
fit quarante lieuës avec des re-
lais de caroffes le dernier jour.
Il a efté parfaitement bien receu de leurs Majeftez. Il a laif-
fé le Marefchal de Grammont
en Catalogne pour y commander en fon abfence , où je crois
que la campagne eft finie auffi
bien qu'ailleurs. La guerre continuë feulement encore en

Allemagne, où les Imperiaux
& les Bavarois font quelques
progrés. Il n'ont pourtant pas
encore emporté la Ville de
Memminghen qu'ils affiegent
depuis long-temps ; & les Suedois d'un cofté, & M. de Turenne de l'autre raffemblent
leurs trouppes pour les arreſter.
L'Evefque de Wirtzbourg a
eſté éleu Electeur de Mayen-
ce, de quoy la maifon d'Au-
triche eſt mal fatisfaite; parce
qu'il a l'inclination Françoife.
Le traitté de Paix avec l'Empereur eſt prefque conclu, &
l'on avance mefme celuy d'Efpagne. Je crois que l'affaire
de Naple y apportera de la facilité de la part des Efpagnols,
fur tout s'ils font contraints de
quitter les Chafteaux, & de

s'en retourner avec leur armée
Navale à l'arrivée de la nô-
tre.

La Reine s'eſt trouvée mal
depuis la guerison du Roy, tant
pour l'apprehenſion & la fatigue qu'elle avoit euë durant
ſa maladie, que pour l'air
enfermé de ſa chambre où elle
eſtoit preſque toûjours. Elle a
eſté ſaignée deux ou trois fois,
& ſe porte bien à preſent Dieu
mercy.

Monſieur de Ramboüillet
ne ſcachant où addreſſer ſes
lettres à M. de la Sabliere, juſques à ce qu'il luy ait mandé
où il ſera logé, ma prié de mettre ſon pacquet avec ma lettre
pour cette fois, vous le luy
ferez donc rendre s'il vous
plaiſt,

plaiſt, en cas qu'il ſoit arrivé, ſinon vous prendrez la peine de le luy garder. Je ſuis,

MONSIEUR,

Voſtre, &c.

Ce 6. Decembre 1647.

Ayant achevé ma lettre, j'ay receu les deux voſtres du 11. & du 14. du mois paſſé, la der-

I

niere qui eſtoit ſeparée ſemble
avoir eſté décachetée & re-
cachetée de cire rouge, où eſt
repreſenté le chiffre que je
vous envoye, afin que vous con-
noiſſiez ſi ce cachet eſt à vous,
ou ſi quelqu'un par curioſité
l'avoit ouverte. Je vous remercie du ſoin que vous avez
eu de retirer la réponſe du
Guardaroba du Pape, je ne manqueray pas de donner à M. de
Scudery la lettre que vous luy
écrivez.

Je vous envoye une Cen-
turie de *Noſtradamus*, que j'ay
tirée moy-meſme d'un vieil
exemplaire au dernier vers de
laquelle la mort du Prince
Préfect eſt marquée diſtincte-
ment ; Car il eſtoit logé au
Fauxbourg S. Germain pro-

che du Pont des Tuilleries, que l'on nomme comme vous fçavez le Pont rouge à caufe que les barrieres font peintes de cette couleur.

Je vous envoye auffi trois bouts-rimez. Cette forte de vers eft tellement en vogue qu'il ne s'en fait plus du tout d'autres, & chaque jour en produit une infinité ; mais la plufpart ne meritent pas de paffer les Alpes.

Monfieur de Scudery vient de me quitter, & nous avons long-temps parlé de vous d'une façon qui ne vous déplairoit pas, fi vous euffiez pû nous ouïr. Je luy ay baillé voftre lettre qu'il a receuë avec bien de la joye.

Le Roy d'Angleterre s'eft

I ij

échappé de ſes Gardes , & s'eſt
retiré dans l'Iſle de Wicht , on
ne ſçait ce qu'il deviendra , ny
comment l'armée & le Parlement prendront ſon évaſion.

❀✾❀✾❀✾❀✾❀✾❀✾❀

LETTRE XVI.

Monsieur,

Je vous ay écrit une grande
lettre ce matin, & je ne vous fais
ce billet que pour accompagner
les lettres de M. de Rambouillet
pour M. de la Sabliere, qu'on
me vient d'aporter tout pre-
sentement. Je ne sçay si elles
arriveront assez à temps pour
estre mises dans le pacquet;
parce qu'il est fort tard : quand
vous les aurez receuës vous les
délivrerez s'il vous plaist, sinon
vous les garderez jusques à ce
que M. de la Sabliere soit arrivé.
Monsieur le Comte de Brienne a fait une dépesche à

I iij

M. l'Ambaſſadeur en faveur des PP. de la Doctrine Chrétienne pour la confirmation de leur Chapître, je vous prie s'il y a quelque choſe en quoy vous les puiſſiez obliger d'y faire tout ce que vous feriez pour moy meſme. Aprés cela je crois que tout ce que je vous pourrois dire ſeroit inutile, eſtant auſſi aſſuré que je le ſuis de vôtre affection pour moy : je vous conjure auſſi de faire toûjours eſtat de la mienne, & de me croire autant que perſonne du monde,

Monsieur,

Voſtre, &c.

Ce 6. Decembre 1647. au ſoir.

✳✳✳✳✳✳✳✳✳

LETTRE XVII.

MONSIEUR,

Vous aurez receu deux pac-
quets de moy par le dernier
Ordinaire, parce que M. de
Rambouïllet ne m'envoya ſes
lettres pour M. de la Sabliere
que le ſoir. Je crois qu'il eſt
à cette heure à Rome, & que
vous paſſerez ſouvent enſemble de bonnes heures, où je
vous prie que j'aye quelque
fois part.

Si une Gazette a tué M. de
Scudery & Mademoiſelle ſa
ſœur, la ſuivante les a reſſuſci-
tez, & ils ont eu le plaiſir de
lire eux-meſmes l'une & l'au-

I iiij

tre de ces avantures. Ainſi
voſtre lettre n'a point eſté inutile, & comme je vous ay
mandé, elle a eſté receuë avec
joye & extréme ſatisfaction.

Je ne vous ay point encore
envoyé l'Heraclius, parce que
le Gentil-homme de M. l'Ambaſſadeur n'a pas ſes dépeſches,
& je crains que ſi je luy envoyois ſi-toſt le pacquet, il ne
s'égaraſt. Je vous envoye aujourd'huy des vers de M. de
Benſerade ſur la petite verole
du Roy, & un bout-rimé de
M. de Vardes, il y a un nouveau livre de M. Deſmareſt en
2. volumes in octavo intitulé
la Verité des Fables, ou l'Hiſtoire des Dieux de l'antiqui-
té; c'eſt un tres-agreable Roman, fondé ſur toutes les

fables anciennes d'une maniere tres-ingenieuse. Si le mesme Gentil-homme s'en veut charger, & qu'il ne trouve point le pacquet trop gros, je le mettray avec l'Heraclius; car je crois que Mademoiselle de Fontenay s'en divertiroit extrémement.

J'ay veu icy un fort beau portrait de la *Signora Olympia*, fait par Greuter; s'il y a moyen d'en avoir un semblable vous m'obligerez de me l'envoyer, quand vous me ferez tenir quelque autre chose; & en ce cas là, je vous prie de prendre garde que l'estampe soit la plus belle qu'il se pourra.

Nous attendons des nouvelles de l'arrivée de nostre armée Navalle à Naples; & de

ce que M. de Guife y aura fait
depuis ce que vous me mandez. Les Efpagnols font toûjours bonne mine à Munfter,
& ne fe relâchent point encore pour la Paix. On travaille
toûjours à celle de l'Empire
que je conte pour rien fans
celle d'Efpagne. Les Hollandois menacent de faire publier
la leur qui eft entierement
concluë. Les armées de Flandre font en quartier d'hyver
de part & d'autre, & nous
n'aurons deformais que des
nouvelles de Naples, pour nous
entretenir jufques au printemps; elles fourniffent une
ample moiffon aux Gazet-
tiers.

Ma fanté eft encore fort

mauvaise , & ne me permet pas de tourner le feüillet. Je suis,

MONSIEUR,

Voftre, &c.

Ce 13. Decembre 1647.

LETTRE XVIII.

MONSIEUR,

L'Ordinaire qui arriva Samedy, & l'Extraordinaire qui a apporté la nouvelle de la maladie du Pape, ne m'ont point apporté de vos lettres. J'aime mieux croire que ce sont vos occupations qui vous ont empêché de m'écrire, que quelque indisposition. Je ne vous fais ce mot que pour vous témoigner que la mienne n'est pas augmentée, Dieu mercy; Car nous n'avons icy d'autres nouvelles que celles qui nous viennent du lieu où vous estes: On nous asseure que M. de

Guife a fait déja quelques progrés en terre ferme. Si cela eſt, ce ſera un moyen de ſe bien inſinuer dans l'eſprit du Peuple, qui la choiſi pour ſon conducteur. Pour noſtre armée Navale on en parle differemment, quelques lettres de Marſeille portent qu'elle a pris trois Vaiſſeaux Ennemis, d'autres diſent qu'elle a eſté battuë de la tempeſte, & qu'aprés avoir perdu un Vaiſſeau elle a eſté obligée de relâcher à *Portolongone*. Je voudrois bien qu'elle euſt pû aborder à Naples pour en chaſſer les Eſpagnols, & pour donner cœur à la nouvelle Republique. S'il y a moyen d'avoir quelque piece d'or ou d'argent de la monnoye qu'elle a fait battre, vous m'obligerez de me l'envoyer quand la commodité s'en presentera.

Si la maladie du Pape augmente, ce sera un nouveau sujet à M. l'Ambassadeur de nouvelle negotiation, & à vous de satisfaire vostre curiosité : vous ne manquerez pas , je m'assure, de bien observer tout ce qui se passera , comme en l'affaire la plus importante qui puisse arriver pour vostre employ, & durant toutvostre sejour à Rome.

On preparoit force machines au Palais Cardinal , pour representer ce Carnaval une Comedie en musique, dont M. Corneille a fait les paroles : il avoit pris Andromede pour sujet , & je crois qu'il l'eust

mieux traité à noſtre mode que
les Italiens. Mais depuis la
gueriſon du Roy, M. Vincent
a dégouté la Reine de ces di-
vertiſſemens, de ſorte que tous
les ouvrages ſont ceſſez. M.
du Ryer a fait depuis peu une
tragedie Françoiſe de Themi-
ſtocles, qui a eſté repreſentée
avec beaucoup d'applaudiſſement. Vous voyez que non-
obſtant la guerre, je ſuis contraint de vous mander des nouvelles de Paix ; pluſt à Dieu
qu'elles fuſſent telles par toute l'Europe. Mais je crains
que le Printemps ne nous faſſe
voir de nouvelles tragedies, ſur
le grand Theatre, où il y a déja eu tant de ſang répandu.
Aimez-moy toûjours, je

vous en conjure & me te-
nez pour,

MONSIEUR,

Voſtre, &c.

A Paris ce 20. Decembre 1647.

LETTRE

LETTRE XIX.

MONSIEUR,

Je vous écrivis hier par
l'Ordinaire, & je vous fais aujourd'huy ce mot par le Gentil-homme de M. l'Ambaffadeur, qui eſt icy il y a long-
temps. J'eſperois qu'il vou-
droit bien emporter les deux
Volumes de M. Deſmareſt, dont
je vous parlay par ma lettre de
la ſemaine paſſée. Mais il m'a
mandé qu'il ne pouvoit, de ſorte que je ne ſçay meſme s'il
voudra bien ſe charger de
l'Heraclius de M. Corneille, &
d'une Ode de M. Deſmareſt,

K

ſur les mouvemens de Naples,
que je pretens mettre avec cette lettre. Je viens de recevoir
la voſtre du 2. de ce mois
avez celle de M. de la Sabliere,
qui me fait de grands remercimens de ce que je luy ay
procuré voſtre connoiſſance.
Je ſuis bien aiſe auſſi de ce que
vous eſtes ſatisfait de la ſienne.
Sa lettre eſtant une réponſe à
celle que je luy écrivis à Mont-
pellier, je differeray quelque-
temps à luy écrire, afin de ne
pas interrompre ſes divertiſſe-
mens. Vous luy témoignerez
s'il vous plaiſt la joye que j'ay
de ſon arrivée à Rome, & l'aſ-
ſurerez de mon ſervice. Je
vous recommande toûjours autant que je puis l'affaire des PP.
de la Doctrine Chreſtienne.

Vous m'obligerez de donner ordre que le *Fulvio Testi* que vous avez pris la peine de m'envoyer me soit rendu, afin que je profite de la faveur que vous avez eu intention de me faire.

Je vous prie de me faire part de tout ce qui se passera de particulier en la maladie du Pape , & en ses suites. On dit icy plusieurs nouvelles de Naples , dont j'attens de vous la confirmation pour les croire.

Monsieur Gontier ma mandé qu'il avoit receu encore une de vos lettres pour moy , & qu'il l'avoit baillée a quelqu'un pour l'apporter, ce qui n'a point esté fait , de sorte que je ne

K ij

vous y pourray faire réponse,
que par l'Ordinaire prochain.
Je suis,

MONSIEUR,

Voſtre, &c.

Ce 21. Decembre 1647.

LETTRE XX.

MONSIEUR,

Je ne receus qu'hier voſtre lettre du 25. Novembre avec la relation de l'arrivée de M. de Guiſe à Naples, & le Sonnet ſur la promotion de M^{rs} les Cardinaux Mazarin & d'Aix, que je n'avois point veu; & dont je vous remercie de tout mon cœur.

Je me doutois bien que la reſurrection de M. de Scudery & de Mademoiſelle ſa Sœur, vous donneroit autant de joye que leur fauſſe mort vous avoit donné de déplaiſir. Je ſuis bien aiſe que vous ayez un double ſujet de vous réjouïr, & que

K iij

vous ayez encore recouvré un
autre amy que vous penſiez
avoir perdu. Je ne ſçay ſi ce
n'eſt point M. N. que l'on m'a-
voit dit qui eſtoit mort en chemin ; & a qui on avoit adreſſé
le pacquet de M. de Brienne
touchant l'affaire des PP. de la
Doctrine Chreſtienne , que je
vous ſupplie d'avoir en ſingu-
liere recommandation. Je vous
conjure auſſi d'aſſurer ſouvent
M. de la Sabliere de mon tres-
humble ſervice , & de m'entretenir en ſes bonnes graces. Vous
m'obligerez de me mander confidemment de quelle ſorte il ſe
conduira , & quelle opinion il
donnera de luy chez M. l'Ambaſſadeur , chez M. l'Abbé
de S. Nicolas , & parmy les
perſonnes de condition & d'eſ-

prit. Si vous ne fçavez pas le
particulier de fa conduite , tâ-
chez s'il vous plaift à le découvrir adroitement , & fans qu'il
le fçache , & me mandez ce
que vous en aurez appris. Je
ne vous demande pas cela
par curiofité ; mais pour quelque chofe qui luy importe , &
où il faut effayer de le fervir.
Je n'ay que faire de vous dire
qu'il ne faut pas qu'il fçache
que je vous aye rien écrit de
cecy ; car voftre difcretion vous
en avertira affez.

Je n'ay aujourd'huy ny galanteries à vous envoyer , ny
nouvelles à vous mander. Courtray a penfé eftre furpris par
les Efpagnols , qui euffent encore efté plus heureux à la fin

de leur campagne, qu'ils n'ont
esté au commencement, si cette
entreprise eust réussi.

Le Roy a envoyé dénoncer
la guerre au Duc de Baviere,
par le Comte de Duras Neveu
de M. de Turenne, qui a Ordre
de lever le plus de trouppes
qu'il pourra pour s'avancer dans
l'Allemagne. Une partie des
trouppes Imperiales sont sorties de la Hesse, parce qu'il
n'y restoit plus rien à manger
aprés les ravages qu'elles y ont
faits. Le Lantgrave se plaint
extrémement de ce qu'on la
laissé ainsi, exposé en proye
aux forces de l'Ennemy commun, on luy a envoyé de l'argent d'icy, & aussi à M. d'Her-
lac Gouverneur de Brissac,
pour

pour lever 3000. hommes de pied, & 2000. chevaux qu'il commandera pour ſa Majeſté.

Nous attendons avec une extréme impatience des nouvelles de ce que noſtre armée Navale aura fait à Naples, je ne croy point tous le bruits que l'on en fait courir icy, juſques à ce que vous me les confirmiez.

Vous devez eſtre maintenant ſçavant dans la langue Italienne, quand vous vous ſentirez aſſez fort pour l'écrire, je vous conſeille de vous y exercer.

Je vous ay envoyé par le Gentil-homme de M. le Marquis de Fontenay l'Heraclius, & une Ode de M. Deſmareſt ſur les mouvemens de Naples

L

S'il euſt voulu ſe charger d'un
plus gros pacquet, je vous euſſe
envoyé quelque autre choſe.

Monſieur N. me vient d'apporter les Poëſies du *Fulvio*
Teſti qui eſt fort beau. Je vous
rend mille graces, & vous prie
de croire. Je ſuis,

MONSIEUR,

Voſtre, *&c*

Ce 27. Decembre 1647.

✳✳✳✳✳✳✳✳✳✳✳✳✳✳✳✳✳

LETTRE XXI.

MONSIEUR,

Le retardement de noſtre ar-
méeNavale nous donnebien de
l'impatience. J'eſpere que par
le premier Ordinaire nous ap-
prendrons qu'elle ſera arrivée
à Naples ; car on nous aſſure de
ſon depart de *Porto-Longone.* Il
court icy des bruits que Serizantes à couru riſque de la vie,
voulant marcher avant *Genuaro
Anneſe* , je vous prie de me
mander ce qui en eſt , & tout
ce que vous ſçaurez de luy.
Selon ce que vous me man-
dez , & ce que j'ay appris d'ailleurs ; il ſemble que la nobleſ-

L ij

fe ait envie de fe reconcilier, &
de fe joindre avec le Peuple;
cela peut produire un bon ou
un mauvais effet, felon la fin-
cerité des uns, & la bonne
conduite des autres. J'ay fceu
de bon lieu que M. l'Ambaffadeur doit aller à Naples.
Vous irez fans doute avec luy,
& y apprendrez beaucoup de
chofes curieufes, que vous ne
manquerez pas de recueillir
avec foin, car l'affaire le merite. Si vous faites le voyage,
& que vous puiffiez avoir une
des pieces de monnoye que le
Peuple a fait battre, vou
m'obligerez de me la garder
Je voudrois bien auffi avoi
tous les Actes imprimez, de
puis le foulevement; parc
qu'ils font plus autentique

que les copies écrites à la main.

Nous sommes en inquietude pour l'Allemagne. Les Suedois nous ayant contraints de déclarer la guerre au Duc de Baviere en un temps, où nous ny sommes pas les plus forts. On leve des trouppes de tous costez, pour fortifier celles que nous y avons déja, mais la saison est mal propre pour les amasser, & pour les employer.

Il est arrivé depuis peu d'étranges avantures particulieres, qu'il faut que je vous conte pour vous payer de vostre nouvelle du debordement du Tybre. Vous aurez sceu le vol fait à Luxembourg, dans l'appartement de M. de la Riviere,

L iij

qui eſt au deſſus de celuy de
Madame. Pendant qu'elle eſtoit
dans ſa Chappelle à la Meſſe
de minüit , & M. de la Riviere
en ſa maiſon de petit Bourg,
un　Valet　de　chambre
qu'il avoit laiſſé dans cet appartement pour le garder en
ſon abſence , fut tué par les
voleurs , coupé par morceaux
& jetté dans les aiſemens,
ſans qu'il parût aucune trace
de ſang , ny autre deſordre que
l'ouverture d'un cabinet , &
d'un coffre , où ils prirent
quatorze cent piſtoles à ce
qu'on dit ; On fait grande re-
cherche de ce vol ; & quelques
Officiers de M. le Duc d'Orleans, ont eſté arreſtez ſur des
ſoupçons , pour tâcher par ce
moyen d'en découvrir quelque
choſe.

Il eſt arrivé une autre choſe fort étrange, cauſée par l'a-
mour & la jalouſie. Un Gentil-homme de qualité de la
Frontiere de Bourgogne, qui
a eſpouſé la ſeconde fille de
M. de N. ayant quelque amou-
rette dans ſon voiſinage, ſa
femme en devint tellement
jalouſe qu'elle ſe reſolut de
s'en vanger d'une façon tout
a fait barbare ; Elle gagna des
gens qui par ſon Ordre cou-
perent le nez, les oreilles, &
les lévres à la perſonne dont
ſon mary eſtoit amoureux : Et
comme il eſtoit à table pour
diſner elle luy preſenta cela
dans un plat d'argent, & luy
dit, voila ce que vous avez
tant aimé ; vous pouvez vous
en ſaouler. Cet objet l'ayant

L iiij

émeu comme vous pouvez
penser ; elle luy dit qu'il n'avoit
que faire de s'emporter, qu'elle
estoit maistresse dans sa maison , & que c'estoit à luy à ceder puisqu'elle estoit la plus
forte. En effet elle fit entrer
des gens qu'elle avoit fait ca-
cher. Lesquels menerent le
mary à la cave , où ils luy
donnerent les estrivieres d'une
horrible façon, & l'enfermerent
à la clef ; Estans remontez en
haut, elle leur dit que ce n'estoit
pas assez , & qu'il n'en falloit
pas demeurer là ; parce que les
choses de la nature de celles
qu'ils venoient de faire ne se
pardonnoient point; qu'il falloit
donc se deffaire de son mary,
pour ne courir pas le danger
d'éprouver sa vangeance. Et

comme ils defcendirent pour
executer cette commiffion, ils
virent la cave ouverte, & que
le mary s'eftoit fauvé par le
moyen d'une femme de chambre ou de charge, laquelle en
avoit une clef. Le mary ayant
fait venir en diligence le Pre-
voft & des Archers, pour fe
faifirde fa femme,&de fes fatel-
lites; ils trouverent la porte
fermée, & cette Medée parut
à la feneftre avec un poignard
à la main, dont elle mena-
çoit de tuer les deux enfans
qu'elle avoit auprés d'elle, fi
on ne la laiffoit fortir avec ceux
qui l'accompagnoient. Le Pre-
voft fit donc mine de s'en aller,
& mit fes gens en embufcade
en divers lieux, un peu éloi-
gnez, ou la femme, & ceux qui

l'avoient fervie comme miniftres de fa fureur, furent pris
& menez au Parlement de
Dijon, où l'on fait leur procés. Voila une Hiftoire étrange & qui fent plus fon Roman
que fa narration veritable,
neanmoins elle paffe pour certaine icy, & nous verrons par
la fuite fi elle eft vraye en toutes ces circonftances. Ces deux
recits m'ont fait faire ma lettre plus longue que je ne
croyois, je vous prie de me
croire toûjours,

MONSIEUR,

Voftre, &c.

Ce 3. Ianvier 1648.

LETTRE XXII.

MONSIEUR,

Je n'ay aujourd'huy qu'à vous remercier de vos soins continuels, & des derniers vers que vous m'avez fait la faveur de m'envoyer, que l'on trouve meilleurs que les precedens. La sterilité de ces sortes d'ouvrages est si grande icy, que je suis contraint de vous demeurer redevable de vôtre present, jusques à ce qu'il me vienne de quoy m'en acquiter : je ne feray pas mesme difficulté de vous supplier de me faire avoir certaines Octaves, faites par un *Contadin Bi-*

folio ſur la deviſe de l'Accademie de *Gl'Intrecciati*, & imprimées à Rome par *Ludovico Gri-*
gnavi 1647. elles ne contiennent qu'une feüille, & ſont extrémement belles. Si vous ne
les avez point veuës vous ne
ſerez pas mary que je vous les
aye indiquées. Je ne puis encore vous envoyer le memoire des livres qui vous ſont propres, & dont j'ay beſoin ; parce
que je n'ay pû juſques icy monter en mon cabinet pour en
prendre les tiltres. Ce ſera dés
que j'auray recouvré l'uſage de
mes jambes : Cependant ſi vous
m'avez acheté quelque choſe,
vous pourrez ſçavoir de M. N.
s'il ne receveroit point d'in-
commodité, de le faire mettre
dans quelques-unes de ſes

males, ou des balles qu'il en-
voyera lorſqu'il voudra partir.
J'entends au cas que vous n'a-
yez point d'autre commodité
prompte & aſſurée. Car il m'a
déja fait tant de graces que je
voudrois bien ne luy point
donner cette importunité.
Vous m'obligerez de luy témoigner en luy rendant la lettre que je vous envoye , que je
ſuis tout confus de ſes faveurs, &
que j'ay un extréme deſir de le
voir icy de retour en par faite
ſanté. On m'aſſure que j'auray
bien-toſt cette ſatisfaction , &
toutefois vous ne m'en avez rien
mandé , vous ſçavez pourtant
que je ne pouvois recevoir une
plus agreable nouvelle , & j'ay
quelque crainte qu'elle ne ſoit
pas bien veritable , ne l'ayant

point trouvée dans voſtre derniere lettre ; Car ſi l'on croit
aiſément que ce qu'on deſire
arrivera , on ne craint guere
moins qu'il n'arrive pas.

Je n'ay aucunes nou-
velles à vous mander , ſinon
que celle de l'Aventure tragique de la fille de M. N. n'eſt
pas toute pareille à ce que je
vous ay mandé , c'eſt ſa fille
aînée qui eſt mariée en Lorraine à N. & non la cadete qui a
épouſé un Gentil - homme de
*** ; Il eſt vray que le nez &
les oreilles de la Mignonne
du mary ont eſté coupées ;
mais cette Mignonne eſt une
payſane , & le mary n'a point
eſté foüeté comme on le
diſoit. Vous voyez que je
corrige ma Gazette auſſi-bien

que N. J'en attends une grande de vous, fur les nouvelles
de Naples. Je fuis,

MONSIEUR,

Voftre, &c.

A Paris ce 10. janvier 1648.

+❧+✦+✦+✦+✦+✦+ ✦+ ✦+ ❧

LETTRE XXIII.

MONSIEUR,

Nous avons icy divers avis
de Ligourne, de Gennes & de
Marseille de l'arrivée de nô-
tre armée Navalle à Naples,
& d'un Combat où elle eut
l'avantage sur celle de d'Espagne. On en conte diverses
particularitez ; mais je n'y puis
donner de creance si elles ne
me sont confirmées par vos
lettres que j'espere recevoir
par l'Ordinaire prochain. Si ce
bon succés a suivi ceux que
vous me mandez, par vostre
derniere lettre , je ne doute
point que les affaires du Peuple

ple ne s'établissent fort bien.
Les lettres interceptées de *Dom
Iuan d'Austria*, du Viceroy
& de Borgia qui ont esté envoyées en cette Cour, font
bien voir qu'elles sont en un
estat fort perilleux pour les
Espagnols. Je croy que la
crainte qu'ils ont que le mal
ne devienne irremediable, leur
a fait prester l'oreille au traité
de Paix. Car le Sieur Knuyt
l'un des Plenipotentiaires de
Hollande, ayant proposé à
ceux du Roy des accommo-
demens sur les quatres points
qui estoient demeurez indé-
cis. Ils envoyerent un Courier
à la Cour qui leur a esté ren-
voyé, avec Ordre de conclure
suivant ces dernieres proposi-
tions qui sont. 1°. Que le Roy

M

ne pourra faire ligue offenſi-
ve avec les Portuguais, pour
attaquer les Eſtats du Roy
d'Eſpagne, mais ſeulement les
aſſiſter pour leur defence.
2°. Que Sa Majeſté ne fera rien
fortifier en Catalogne, au de là
de la Segre. 3°. Que le Duc
Charles ſera retabli dans la
Lorraine, à la reſerve de ce qui
eſt de la mouvance de France ; des places qu'elle a ache-
tées, & de celles qui ont autrefois eſté des dépendances
des Eveſchez de Mets,
Toul, & Verdun. Que pour
celles qui luy feront renduës,
on en démolira les fortifica-
tions ; & que s'il ne veut accepter ce traitté, l'Empereur &
le Roy d'Eſpagne ne luy don-
neront aucune aſſiſtance contre

la France. 4°. Et qu' le Roy demeurera en possession des terres du ressort des places que sa Majesté à conquises, depuis la rupture : nous attendons l'effet de ce dernier abouchement.

Le Roy fut avant-hier au Parlement, où il fit verifier quelques Edits, un desquels regarde le revenu d'une année payable en deux, que le Roy veut prendre sur tous ceux qui tiennent de son Domaine par engagement, ou en censive. Plusieurs Bourgeois de la ruë S. Denis & d'ailleurs, ayant esté assignez pour cela quelques jours auparavant, allerent plusieurs fois en trouppe au Parlement, pour demander décharge de cette taxe, & s'estant

M ij

laiſſez emporter à des paroles
inſolentes. La Cour donna un
Arreſt, portant deffenſes à toutes perſonnes de s'aſſembler ſur
peine de la vie ; & en ſuite on
poſa des corps de garde en diverſes avenuës, depuis Samedy au ſoir juſques à Dimanche matin, que le Roy fut à Nô-
tre Dame pour rendre graces
à Dieu de ſa gueriſon ; & l'on
enfonça la porte d'un riche
Marchand de la ruë S. Denis
nommé Cadeau, qui ne
ſe trouva pas au logis, où l'on
ne fit autre choſe que de le
chercher. Depuis cela tout eſt
fort calme, & l'on n'euſt ſans
doute point poſé ces corps de
gardes, ſans une décharge im-
portune, & inutile d'une infinité d'arquebuſe, & de mouſ-

quets, que les Bourgeois de divers quartiers faifoient tous les
foirs & toutes les nuits precedentes. Il y a auffi un de ces
Edits portant creation de douze Charges de Maiftres des
Requeftes, pour lefquelles tout,
le corps a fait fort grand bruit
mefme auparavant les Bourgeois, à caufe dequoy ils furent
mandez hier au Palais Cardinal, ou M. le Chancelier, leur
déclara de la part du Roy &
de la Reine, devant lefquels
il parloit, que Sa Majefté les in-
terdifoit de fon Confeil, pour
avoir par leurs crieries porté
le Peuple à des emotions dan-
gereufes, avant mefme qu'on
euft fongé à leur donner des
confreres.

Monfieur de Ramboüillet

eſt en peine de ce qu'il n'a point
de nouvelles de M. de la Sabliere. Dites-luy, s'il vous
plaiſt, qu'il ne donne pas tellement toutes ſes heures à
Rome, qu'il n'en reſerve une
la ſemaine pour Paris. Je n'o-
ſerois luy écrire de peur de
luy faire perdre du temps; car
il faut bien qu'il n'en ait
point du tout de reſte ; puiſqu'il n'en prend pas ſeulement
pour écrire a un frere qui luy
doit eſtre auſſi cher que ſon
aîné.

Je garde voſtre lettre pour
le Pere Rouſſeau, parce qu'il
n'eſt pas encore de retour de
Melun, où il y a long-temps
qu'il eſt allé voir ſes parens.

Je vous envoye une galan-
terie de M. de Scudery, à M. le

Sur-Intendant ; c'eſt tout ce
que je vous puis donner aujourd'huy. Je vous rends graces
d'elle Rivolte di Parnaſo que
vous m'avez fait la faveur de
m'envoyer. Je ſuis,

MONSIEUR,

Voſtre, *&c.*

A Paris ce 17. Ianvier 1648.

❀✿❀✿❀✿❀✿❀✿❀✿❀✿❀✿❀

LETTRE XXIV.

MONSIEUR,

Les nouuelles que j'ay appri-
ſes par voſtre lettre du 30. du
mois paſſé, ſont fort bien,
& fort particulierement deduites, & la pluſpart ſont confirmées par les Couriers extra-
ordinaires qui ſont arrivez depuis. Ils y ajoûtent que nô-
tre armée Navale ayant fait
ſon effet, s'eſt retirée vers nos
coſtes ; mais ils ne diſent pas
aſſurément ce qu'eſt devenuë
celle d'Eſpagne ; c'eſt ce que
j'eſpere d'apprendre de vos lettres par l'Ordinaire d'aprés
demain. On parle de quelque
division

division dans Naples.

Depuis la semaine paſſée le Parlement s'eſt aſſemblé pluſieurs fois, touchant la verification des Edits que le Roy fit faire en ſa preſence, lorſqu'il y alla tenir ſon lict de juſtice, comme je penſe vous avoir mandé ; Celuy de la revocation des taxes faites ſur les Aiſez à déja paſſé, on examine maintenant les autres, dont on croit que la pluſpart paſſeront auſſi. Les Maiſtres des Requeſtes ayant eſté mandez au Palais Cardinal, M. le Chancelier leur repreſenta de la part de la Reine, & en ſa preſence tout ce qu'ils avoient dit, & fait, & dans le Conſeil & ailleurs, contre la volonté du Roy, & leur déclara

N

que pour cela Sa Majesté leur
interdisoit l'entrée en ses Conseils. Depuis on leur a aussi
osté le droit de juger souve-
rainement, & au lieu de douze Confreres qu'on leur donne par l'Edit, auquel ils ont
formé opposition au Parlement, on parle de leur en
donner d'avantage. Quand au
reste tout est icy fort paisi-
ble.

Monsieur de Turenne à re-
passé le Rhin pour se joindre
au Landgrave & à Wrangel
Suedois, afin de chasser les Imperiaux de la Hesse.

J'ay envoyé vostre lettre au
Pere Rousseau à Melun, où il
est demeuré malade; il m'a envoyé les trois livres, dont vous
l'aviez chargé pour moy, dont

je vous remercie. Le Païſan Autheur du Poëme de S. Ignace en a fait d'autres, s'ils ſe trouvent facilement vous m'obligerez de me les acheter. Je ſuis,

MONSIEUR,

Voſtre, &c.

A Paris ce 24. Ianvier 1648.

N ij

❀❀❀❀❀❀❀❀ ❀❀❀❀❀❀❀❀

LETTRE XXV.

MONSIEUR,

Je fuis bien aife que toutes
mes letttes vous ayent efté
renduës, J'ay auffi receu toutes les voftres, & y ay répondu; La derniere eft du *6.* de
ce mois qui eftoit accompa-
gnée de la relation du Combat
de noftre armée Navale, dont
le Gazettier nous en a donné
de tres-amples, & fort bien
écrites, qui ont efté envoyées
par les Chefs à la Cour. On
dit que M. de Montade à ordre d'équiper en toute diligence 20. de nos Vaiffeaux
pour retourner à Naples, où

l'on parle de beaucoup de par-
tialitez, & de defordre qui font
parmy le Peuple, vous en devez fçavoir plus de nouvelles
que nous.

Il y a aujourd'huy huit jours
qu'il fut tenu icy un Confeil
fort folemnel de tous les Princes
& Miniftres, où furent auffi
appellez le Nonce, & tous les
Ambaffadeurs qui font en cette Cour, fur la nouvelle propofition que les Efpagnols ont
faite à Munfter, de rendre la
Lorraine au Duc Charles, fans
en demolir les places; Ce que
leurs Majeftez n'ayant pas jugé à
propos d'accepter; elles vou lu-
rent que les raifons en fuffent
deduites en ce Confeil, où la
dépefche même fut leuë, &
envoyée à l'inftant par un

Courier exprés à Munſter.
Monſieur le Nonce fit un diſ-
cours d'où il eut quelque peine à ſortir , & ſon intention
eſtoit à ce que l'on en peut juger , que l'on devoit rendre la
Lorraine à ce Prince, qui eſtoit
tanto buono & tanto pio ſans en
alleguer aucune raiſon politi-
que. L'Ambaſſadeur de Ve-
nize *Come Piu Scaltrito* dit , que
les reſolutiõs d'une aſſemblée ſi
ſage & ſi auguſte, ne pouvoient
eſtre que tres-bonnes & tres-
judicieuſes , & ſans entrer dans
le particulier finit par une
exhortation à tenter toutes ſor-
tes de moyens , pour donner
à l'Europe la Paix Generale,
dont elle a ſi grand beſoin.
Nous jugeons de là , & des
preparatifs qui ſe font pour la

Campagne prochaine , que la guerre n'eſt pas encore preſte à finir. On fait eſtat de groſſir l'armée que commande M. de Modene de plus de 10000. hommes. Le Prince Thomas témoigne qu'il n'eſt pas ſatisfait de nous.

On me vient de dire qu'un Courier arrivé de Savoye apporte pour nouvelles que Madame de Savoye , & le Duc ſon fils ont penſé eſtre empoiſonnez par un N. qui leur devoit donner de l'eau beniſte, & que cela ayant eſté découvert, & luy arreſté , il s'eſt picqué les veines, & eſt mort ſans qu'on ait peu rien apprendre de luy. On dit auſſi qu'un Senateur ayant ſceu que ce Moine eſtoit arreſté prit du poison, & mourut deux heures aprés.

Il m'est revenu de nouvelles fluxions comme je pensois estre gueri, de sorte que j'écris avec tres-grande peine, cela me fait finir en vous priant de me croire.

MONSIEUR,

Vostre, &c

Ce dernier Ianvier 1648.

❦✳❦✳❦✳❦✳❦✳❦✳❦✳❦✳❦✳❦✳❦✳

LETTRE XXVI.

MONSIEUR,

Puifque l'on a des rhumes à Rome, il ne faut pas s'étonner fi l'on a des rhumatifmes à Paris; il m'en eft venu un fi grand depuis 10. jours que non feulement, je ne vous puis écrire de ma main ; mais que j'ay beaucoup de peine a dicter ces lignes pour vous remercier de tous vos foins & de toutes vos nouvelles. Elles fe trouvent confirmées de tous coftez, & je vois par là que vous les avez de bon lieu, & que vous eftes foigneux de les examiner en quoy vous faites tres-bien.

Nous attendons maintenant
ce que deviendra l'affaire de
Naple, dont j'ay moins bonne
opinion que je n'avois au commencement, puisqu'au lieu de
concourir tous a un mesme
but, ils se divisent en divers
partis. *D. Luigi del Ferro* est icy
depuis quelques jours, & a visité toute la Cour. Plusieurs
l'ont aussi visité & traité. En
l'Audiance qu'il eut de Madame de Guise, il la cajola de
beauté, de jeunesse, & de teint
frais, & luy dit qu'il l'auroit
prise pour sœur de M. de Guise,
si on ne luy eust point dit qu'elle
estoit sa Mere. Et sur ce qu'un
Evesque qui estoit present, &
qui luy parloit Italien, ne le
traitoit que de Seigneurie,
croyant selon sa mine & son

train que ce fût aſſez ; il tira
promptement une lettre de ſa
poche pour luy faire voir qu'un
Miniſtre de Prince, luy avoit
donné de l'excellence. S'il
vient beaucoup de Napolitains
de cette humeur, je vois bien
qu'ils y laiſſeront auſſi bonne
opinion d'eux qu'ont fait les
Portugais.

Les derniers vers que vous
m'avez fait la faveur de m'envoyer pour le Roy, & pour M.
de Guiſe ont quelque choſe
d'aſſez beau. Je vous en remercie de tout mon cœur, je
vous envoye une Eglogue de
M. de la Lane, qui eſt extrémement eſtimée de toutes les
perſonnes d'eſprit. C'eſt ſur
la perte de ſa femme ; car bien
qu'elle ſoit morte il y a long-

temps ; il ne fait des vers que
fur ce fujet, & elle eft toûjours
l'objet de toutes fes penfées.
Je crois que cette piece plaira
à Mademoifelle de Fontenay.
Je vous envoyeray pour la divertir tout ce que je pourray
recouvrer capable de luy plaire.

J'ay fait rendre à M. de
Ramboüillet la lettre de M. de
la Sabliere, à qui je vous prie
de faire mes baifemains, mon
indifpofition m'empefche de
vous en dire davantage.

Le conte que je vous ay mandé qu'on m'avoit fait de Savoye, s'eft trouvé purement
fabuleux. C'eft pourquoy il
ne le faut point debiter, auffi
ne vous l'avois-je écrit que
comme le venant d'apprendre,
& fans vous le garentir.

Je vous remercie de la Comedie de *l'Herrico* que vous m'avez envoyée. Je fuis,

MONSIEUR,

Voftre, *&c.*

A Paris ce 7. Février, 648.

LETTRE XXVII.

MONSIEUR,

Je receus hier vos lettres
du 20. & du 27. du mois paſſé,
par leſqu'elles j'ay appris que
vous m'en avez écrit une le 23.
que je n'ay point receuë. J'en
ſuis en peine à cauſe des nouvelles, & de la piece de monnoye de Naples, dont vous me
mandez qu'elle eſtoit accompa-
gnée. Si je ſçavois à qui vous
l'avez addreſſée je tâcherois à
la recouvrer ; car elle ne s'eſt
pas rencontrée chez M. Gontier. Je ne laiſſe pas de vous
remercier de tant de ſoin que
vous prenez des choſes que je

defire. Je voudrois bien en
échange, vous pouvoir envoyer
quelque chofe d'icy. Mais
nous fommes fteriles en nouveautez. Vous trouverez avec
cette lettre une piece fort ga-
lante, & fort curieufe de M. de
Voiture ; je m'affure qu'elle
donnera du plaifir à Mademoifelle de Fontenay , & que vous
vous en divertirez agreable-
ment.

Je fuis bien aife de ce que
vous paffez fi bien le temps
avec Meffieurs Morin & de la
Sabliere, je les crois tous deux
dignes des éloges que vous
leurs donnez , & ainfi je n'ay
point de peine à croire qu'ils
ne foient tres-veritables. S'il
fe paffe quelque chofe qui fe
doive mander confidemment,

vous pourrez le faire en toute
feureté, fur la parole que je
vous donne qu'il n'en arrivera point de faute.

Pour la langue Italienne, il
y a déja quelque temps que je
remarque que vous y avez fait
progrés, encore que vous n'ayez
pas voulu hazarder de vous
en fervir pour m'écrire. Mais
l'exactitude avec laquelle les
vers que vous me faites la faveur de m'envoyer font écrits,
eft une marque de celle que vous
apportez à devenir fçavant en
cette langue. Je ne doute point
que vous ne foyez capable
d'écrire correctement de voftre
chef, & je feray bien aife que
vous me faffiez voir par vos
lettres, que je ne me trompe
pas.

Puifque

Puisque je n'ay pas leu dans vos deux lettres ausqu'elles je fais réponse par celle-cy, la prise de la Capoüe, de *Castel à Mare*, & d'autres places que l'on tient icy estre prises. Je m'imagine que la nouvelle en doit estre dans vostre lettre du 23. On nous assure aussi que l'armée Navale d'Espagne se trouvant fatiguée au dernier point, a esté contrainte de se retirer pour se rafraîchir; & que les Chasteaux estoient reduits a une grande ex-trémité de vivres; Ce qui pour-roit bien faire la décision de l'affaire. Une partie de nostre armée Navale s'équippe pour y retourner. M. le Cardinal de Sainte Cecile n'est pas en-core parti d'Aix, pour aller en

O

Catalogne. Le Parlement de
Provence a esté fait Semestre,
& l'établissement s'en est fait
sans bruit, nonobstant tous
ceux qui ont couru. Celuy de
cette Ville s'assemble tous les
jours, pour les Edits que le
Roy fit verifier la derniere fois
qu'il fut au Palais. On croit
qu'ils passeront tous à la fin.
Les Maistres des Requestes
tiennent pourtant toûjours
bon à ne vouloir point de nouveaux Confreres, & à ne demander point le droit annuel.
Ils demeurent aussi toûjours in-
terdits de l'entrée du Conseil.

Monsieur de Longueville est
enfin parti de Munster, & doit
arriver dans peu de jours à
Dieppe, ou Madame de Lon-
gueville, & M. le Prince le

doivent aller rencontrer.

Les Ennemis paroiffent forts en Flandres ; ils attaquerent ces jours paffez Courtray de nuit, avec fix mille hommes, fur l'avis qu'ils avoient eu que M. de Pelluau qui en eft Gouverneur, devoit aller au devant de 800. hommes qu'on envoyoit pour renforcer fa Garnifon. Mais ils fe haftererent trop ; car ce ne devoit eftre que le l'endemain, de forte qu'ils furent repouffez avec perte. On croit que M. le Prince commandera cette année en Flandre, & que M. le Marefchal de la Meilleraye fera fon Lieutenant General. Il y a apparence qu'on y fera de grands efforts, & qu'on fe met-

tra de bonne heure en campagne, d'autant plus que les
Hollandois ont à la fin figné
cette Paix avec l'Efpagne, dont
il y a fi long-temps qu'on nous
menace, Elle doit eftre publiée
dans deux mois.

On prépare un Ballet pour
danfer au Palais Cardinal ce
Carnaval. C'eft M. le Duc
de Joyeufe, & les autres
jeunes Princes & Seigneurs
de la Cour, qui le danfe-
ront. Monfieur Bertault frere
de Madame de Moteville, en
a donné le fujet, qui eft les
Paffions Déreglées.

Voila tout ce que vous
aurez d'un homme qui re-
tombe tous les jours en de nouvelles langeurs, qui a efté

feigné trois fois cette femaine,
& qui n'en eft pas mieux pour
cela.

MONSIEUR,

Voftre, &c.

A Paris ce 14. Février 1648.

L'attentat contre le Duc de
Savoye, & Madame Royalle
ayant couru icy comme vray,
puis comme faux, s'eft enfin
trouvé veritable, & quelques-
uns des coupables ont déja
eſté punis.

LETTRE XXVIII.

MONSIEUR,

Le mesme jour que je vous
témoigné que j'étois en peine
de vostre lettre du 2 3. du mois
passé , elle me fut renduë avec
celle qui s'adressoit à M. de
Rambouillet, à qui je l'envoyay
aussi-tost , & la piece de monnoye de Naples , que vous avez
pris la peine de recouvrer pour
moy , dont je vous rends milles graces. Quoyqu'il n'y ait
rien d'agreable , ny pour les
yeux , ny pour l'esprit ; elle ne
laisse pas d'estre curieuse, & je
suis tres-aise de l'avoir. Si vous
en pouvez avoir d'autres dif-

ferentes de quelque metal , ou
de quelque prix qu'elles foient,
vous m'obligerez extrémement
de me les faire tenir , & tout
ce qui tombera en vos mains
touchant cette affaire. Mais
comme je vous demande cette
faveur avec tant de liberté , je
vous conjure d'ufer auffi de la
mefme forte du pouvoir que
vous avez fur moy , pour tout
ce que vous defirerez d'icy. Je
vous recommande encore le
portrait de la *Signora Olympia,*
fi vous le pouvez rencontrer.
Monfieur N. vous pourra enfei-
gner le moyen d'en avoir un ,
je vous prie de le bien affurer
de mon tres-humble fervice;
& qu'il n'y a perfonne au monde à qui j'en aye plus voué
qu'à luy. Il a écrit icy beau-

coup de bien de vous à M.
Chapelain, & s'eſt loüé de ce
que vous luy faiſiez voir les
choſes que je vous envoye,
vous pourrez luy communiquer
ce que vous trouverez avec
cette lettre ; car outre que ce
ſont des ouvrages eſtimables
d'eux-meſmes. Les vers pour
Madame de Longueville eſtant
de M. l'Eveſque de Graſſe qui
eſt un de ſes plus chers amis ;
il aura un double contentement à les voir. C'eſt une piece qui n'eſt icy que depuis 8
jours, & qu'il n'y aura que la
Princeſſe à qui elle eſt adreſ-
ſée, vous & moy qui la poſſe-
derons. Les deux Sonnets ont
eſté faits auſſi pour elle ſur
une Enigme en proſe, qu'elle
fit donner à ceux qui ont fait
les

les vers, & où ils ont heureu-
sement expliqué le secret. Vous
l'eussiez peut-estre bien devi-
né, mais en tout cas, je vous
l'ay voulu dire, & vous pourrez en régaler Mademoiselle
de Fontenay , & luy donner
moyen d'exercer un moment
cet excellent esprit qu'on dit
qu'elle a.

Je vous envoye une lettre
pour M. de la Sabliere à qui
vous la ferez rendre, s'il vous
plaist, il doit estre à cette heure fort sçavant, & en la langue
Italienne, & en la connoissance
des bons livres ; & je ne doute
point que vous ne vous exer-
ciez souvent ensemble , à l'u-
ne & l'autre. Vous ne ressem-
blez pas les autres François qui
se cherchent pour parler leur

P

langage. Pour moy, je voudrois faire tout le contraire, & m'exercer en celuy du païs, où je me trouverois, & je crois que c'eſt ainſi que vous en uſez.

Nous avons icy peu de nouvelles, on ſonge aux preparatifs de guerre pour la campagne prochaine, depuis que l'eſperance de la Paix eſt perduë, ou du moins fort éloignée. Madame de Longueville n'eſt pas encore partie pour aller au devant de M. ſon mary; Elle n'ira que juſques à Trie & je ne penſe pas que M. le Prince l'y accompagne comme on croyoit, parce qu'il eſt preſſé d'aller en Bourgogne. Le bruit eſt toûjours fort grand que ce ſera luy qui commen-

dera en Flandre cette année.
On prepare de grandes forces
pour opposer à celles des Ennemis , qui seront fort puissan-
tes, par ce qui en paroît déja.

Les armées de France , de
Suede & de Hesse, font trembler, nonseulement la Baviere ,
mais d'autres Provinces voisi-
nes. Au lieu du bruit qui a
couru que l'Electeur de Bran-
debourg , & les Ducs de Lu-
nebourg , de Brunswic vouloient former un tiers parti en
Allemagne contre les Suedois,
on croit maintenant qu'ils se
joindront à eux , ce qui ne sera
pas un petit avantage pour le
bon party.

Le Parlement s'assemble
tous les jours , sur une question que la Reine luy a fait

faire ; s'il croit pouvoir toucher
à des Edits verifiez en presence
du Roy, séant en son lict de ju-
stice : à quoy il n'a point encore esté répondu. Cette question a fort surpris tout le monde ; & le Parlement en a pris
l'allarme bien chaude. Je suis,

MONSIEUR,

Vostre, &c.

Ce 21. Février 1648.

❊❊❊❊❊❊❊❊❊❊❊❊

LETTRE XXIX.

MONSIEUR,

Vous n'aurez aujourd'huy que ce mot de moy pour remerciement de toutes les bonnes nouvelles de Naples, que j'ay apprises par voſtre lettre du 3. de ce mois. J'eſpere que deſormais vous en aurez facilement de fraiſches & d'aſſurées; puiſque le Meſſager ordinaire à recommencé ſes voyages; & que par ſon moyen vous aurez, & ſçaurez tout ce qui ſe paſſe, dont je me promets que vous continuerez de me faire part avec voſtre bonté accoutumée.

Je ne fçay fi les lettres du Courier qui ont efté portées à Final feront perduës, je crains qu'il ni en ait des miennes avec quelque chofe que je vous ay envoyé. Je n'ay rien aujourd'huy pour vous régaler, s'il fe prefente quelque galanterie entre - cy & l'Ordinaire prochain, je ne manqueray pas de vous l'envoyer. Il y a eu icy peu d'affemblées, & de rejoüiffances à ce Carnaval. M. de Joyeufe danfa feulement Dimanche dernier fon Ballet au Palais Cardinal; il y eut bal enfuite ou 16. Princeffes, & Dames magnifiquement parées danferent; ce qui fut le plus bel ornement du ballet.

Madame de Longueville partit Lundy, pour aller à

Trie rencontrer M. de Longueville; & M. le Prince l'y
accompagna, mais il revint dés
Samedy au soir, & partit hier
pour Bourgogne. Je croy
que M. de Longueville sera
arrivé hier au soir, car Madame la Princesse alla le matin avec quelques Dames au
devant de luy, à deux lieuës
d'icy.

On parle de marier M. le
Comte d'Harcourt fils aîné de
M. d'Elbœuf, avec Madame
de la Roche-Guyon.

Le Parlement n'a point encore répondu à la question qui
luy a esté faite de la part de la
Reine. Les Chambres s'af-
semblent tous les jours, mais
fort tard, & la pluspart des
Conseillers opinent long-

temps ; de forte qu'ils n'ont
pas encore achevé.

Voila tout ce que vous aurez. Je fuis,

M O N S I E U R,

Voftre, &c.

A Paris ce 28. Février. 1648.

※❈❈❈❈❈❈❈❈❈❈❈❈

LETTRE XXX.

MONSIEUR,

J'ay receu voftre lettre du
10. Février avec le plan de la
Ville de Naples, que vous m'a-
vez fait la faveur de m'envoyer, dont je vous remercie tres-
humblement ; il eft affez exact,
à ce que difent ceux qui y ont
efté ; mais les chiffres y font fi
mal rangez , & avec tant de
confufion qu'on a de la peine
à trouver les lieux qu'ils defi-
gnent. Si le *Procaccio* de Naples continuë à faire les voyages réglément , comme il a
commencé. Vous pourrez fçavoir tout ce qui s'y paffe avec

plus de certitude, & plus promptement que par le paſſé. Nous
attendons nouvelles de la priſe
de Capoüe de laquelle dépen-
dera, principalement la liberté
du Peuple.

Je ſuis bien aiſe que ma lettre du 10. Janvier n'ait pas eſté
dans le pacquet qui a eſté porté à Final ; & j'aime mieux
que vous l'ayez receuë huict
jours trop tard que de ne l'a-
voir point receuë du tout ; non
pas à cauſe de la lettre, mais
de ce qui l'accompagne.

Vous m'obligez extréme-
ment de me faire chercher
l'Hiſtoire de Naples d'*Angelo*
di Coſtanzo, ſi elle ſe rencontre. Je vous ſupplie de me
l'acheter à quelque prix que
ce ſoit. La pluſpart des livres

que vous me mandez, que vous
avez rencontrez fur cette ma-
tiere font bons, & vous avez
bien fait de les prendre. J'en ay
quelques-uns ; mais vous m'en
nommez auffi d'autres que je
ne connoiffois point , comme
les 4. parties du *Summonte* ,
& le petit traité *della guerra
di campagna di Roma , nel Pontifi-
cato di Paolo. IV.* Les Hiftoires
de Gio : Matteo & Filippo Villani , font curieufes : s'il s'en
rencontroit encore de complet-
tes vous m'obligeriez de me les
acheter. Je n'ay pas encore veu
cette *Breve defcrittione del regno
di Napoli divifa in dodeci Pro-
vincie , &c.* dont vous me parlez. Si vous avez agreable de
m'en acheter une , je vous en
auray obligation. Je vous re-

mercie de l'offre que vous me
faites de *l'Anti crusca di Paolo
Beni* que j'ay, & que j'estime.
Il est vray que tous ces ouvrages qui traitent de la Langue,
& de la Poësie me plaisent extrémement , & j'en ay déja
quantité ; ce qui me fait d'autant plus desirer ceux qui me
manquent. Si j'en avois moins,
je vous en envoyerois un memoire, mais il le faudroit faire
trop grand , & il suffira que je
vous mande ceux que je n'auray pas , & qui seront venus
à ma connoissance ; S'il en
vient aussi à la vostre dont vous
me puissiez envoyer les titres
sans vous incommoder , vous
me ferez faveur. J'ay quelques ouvrages du Chia-
brera. Mais il m'en manque

certaines pieces ; On ne l'estime pas tant icy qu'en Italie,
& il y en a d'autres que l'on y
loüe moins, que nous loüons
d'avantage comme *Ongaro*, le
Preti, le *Fulvio Testi. Scipione
Herrico*, *Francesco della Valle*,
Cesare Orsino, le *Balducci* ont
aussi fait des choses fort agreables, & le *Bracciolini* pareil-
lement, dont il y a des pieces
qui marchent sur les brisées
du Tasse.

Vous trouverez avec cette
lettre quelques vers de M. de
Benserade, pour regaler Mademoiselle de Fontenay, c'est
tout ce que j'ay peu recouvrer de propre pour cela, en
revanche de ce que vous avez
eu la bonté de m'envoyer. Si je

puis avoir d'autres choses, je
ne manqueray pas de vous en
faire part. Je suis,

M o n s i e u r,

Voltre, *&c.*

Ce 6. Mars 1648.

Je vous supplie de me mander des nouvelles de l'affaire de
**. dont M. N. a porté les
dépesches à Rome. Je ne doute point que vous n'y fassiez
tout ce que vous pourrez pour
l'obliger. M. *. se le promet
bien, il est de retour en bonne
santé, & vous assure de son service avec une affection tres-
particuliere.

LETTRE XXXI.

MONSIEUR,

J'ay tous les jours de nouveaux remercimens à vous faire. Je vous en fais un aujour-
d'huy pour le portrait de la
Signora Olympia que vous m'a-
vez envoyé, & que je feray
tres-aife de mettre parmy un
affez grand amas, que j'ay fait
de plufieurs autres fort curieux. Ce qui me fait prendre
la liberté de vous fupplier, s'il
s'en trouve à Rome, qui le
foient pour les perfonnes qu'ils
reprefentent, ou pour la main
de l'ouvrier, de prendre la
peine de m'en acheter quel-

ques-uns des meilleurs & de
choisir, s'il vous plaist, les estam-
pes les plus noires & les plus
nettes; Car comme vous sçavez ils en sont beaucoup plus
estimez. J'ay honte d'ajoûter
cette importunité à tant d'autres que je vous ay données,
& particulierement à celle du
grand memoire que vous aurez trouvé avec ma derniere
lettre. Je n'entends pas que
vous y perdiez un moment de
vostre temps. Mais quand vous
vous rencontrerez chez des
Libraires dans vos heures de
loisir, il suffira de prendre les
livres que je demande, s'ils se
presentent à vostre main.

Il ne se parle icy d'autre
nouvelles que des grands efforts
que lon pretend faire en Flandre

dre cette année. Monfieur le
Marefchal de Grammont eft
fur le point de partir, pour aller
commencer l'affemblée des
troupes fur la Frontiere. Les
Ennemis ont déja mis enfemble un Corps compofé de leurs
Garnifons, & des Troupes du
Duc Charles, pour nous enlever s'ils pouvoient quelque
place mal garnie. On a jetté
une puiffante recreuë, & un
grand convoy dans Courtray;
de forte qu'il y a maintenant
plus de 4000 hommes & beaucoup de munitions.

Les Armées Françoifes, Sue-
doifes & Heffiennes font join-
tes, & s'avancent vers la Baviere.

L'on a mis prifonnier un
Domeftique de M. Goulas

Q

Secretaire des Commandemens
de M. le Duc d'Orleans, accu-
fé d'avoir efté l'autheur du vol
fait la veille de Noël, à M. de
la Riviere. Il y a de fort grands
indices contre ce Domeſtique,
qui le ſert il y a 13. ans ; qui
avoit 3. Charges chez leurs Al-
teſſes Royales, & qui poſſedoit
prés de 4000. livres de rente.
Deux autres de ſes amis intimes ſont en fuite, ce qui fait
croire qu'ils ſont complices, &
il y a apparence que celuy - cy
payera pour tous.

Je vous envoye quelque
vers de M. de Benſerade, puiſque vous les aimez, eſtant bien
marry de ne recevoir point de
commiſſions de vous pour d'autres choſes, & qu'en cela vous
traitiez mieux vos autres amis

que moy, qui ſuis neanmoins auſſi veritablement qu'aucun.,

M O N S I E U R ,

Voſtre, *&c.*

A Paris ce 13. Mars 1648.

J'oubliois à vous remercier des *Cantici di Fidentio* que j'avois déja, mais non pas de ſi belle impreſſion que ſont ceux-cy : de ſorte que je ſuis bien aiſe de les avoir. J'ay peine à croire qu'ils ſoient du Pape Clement VIII. Car outre qu'il eſtoit tres-ſerieux pour faire des ouvrages ſi Burleſques, ils ont eſté imprimez la premiere fois, il y a fort long-temps, & avant ce me ſemble que ce Pape fuſt en eſtat de faire des Vers.

Q ij

LETTRE XXXII.

MONSIEUR,

J'ay receu en mesme jour vos
lettres du 24. du mois passé, &
du 2. & 3. de celuy-cy avec le
manifeste de M. de Guise, qui
a estonné icy tout le monde.
Pour moy, je ne l'ay pas esté si
fort; car ayant sceu dés long-
temps la vie que l'homme dont
il y est parlé a menée en tous
les lieux où il s'est trouvé, il y
avoit grande apparence qu'il
devoit finir par quelque chose
de semblable. J'en parle ainsi,
parce que je croy que cette
Trahison aura esté la Catastro-
phe d'une vie aussi tragique

qu'a efté la fienne. C'eft la
nouvelle que j'attens. de vos
premieres lettres, n'y en ayant
point de plus exactes, ny qui fe
trouvent plus fenfées.& plus
affurées.

Le Roy & la Reine doivent
aller Lundy à Chartres , pour
rendre un vœu que la Reine
fit pendant la maladie du
Roy. On croit que leurs Majeftez reviendront icy , & mefme elles n'iront pas en Picardie fi-toft qu'on avoit penfé.

Le Chevalier de * * * *.
qui eftoit toûjours prifonnier à la Conciergerie fe fauva
Dimanche , on croit que c'eft
par intelligence avec le Geo-
lier & fa femme , qui ont efté
tous deux mis en prifon. Le
landemain les autres prifon-

niers tenterent de se sauver par
un complot, d'attaquer de force les Guichetiers ; mais ayant
crié à l'aide, ils furent secou-
rus lorsque les autres n'avoient
plus qu'une porte à passer.

Un autre frere de ce Che-
valier a esté tué en duel vers
Tholouse, par un bastard de
M. **, qui se nomme ***,
& qui dans ce combat a paru
homme de courage.

Le Duc Charles entretient
toûjours icy un traité, mais
c'est à son ordinaire, pour rendre celuy qu'il a dessein de faire avec les Espagnols plus avantageux pour luy.

L'on me mande d'Allema-
gne que les armées Confederées qui montent à trente-cinq
mille hommes, ont fait retirer

les Troupes Imperiales, & Ba-
varoifes au de là du Danube.
Si cela eſt, on pourroit bien
encore remettre ſur le tapis
le traité de la Paix Generalle.

Le Courier qui porte en
Hollande la Ratification du
Roy d'Eſpagne pour la Paix
particuliere, entre luy & les
Hollandois, paſſa hier par icy.
Il dit qu'elle avoit eſté publiée
en Eſpagne dés avant qu'il par-
tiſt, & je le croy aiſément, car
c'eſt le fondement de toute la
gloire Eſpagnolle, & de leur
orgueilleuſe reſiſtance, au repos de toute la Chreſtienté.

Je vous rends graces de
l'offre que vous me faites de
voſtre Ripofo, que je n'acce-
pteray point, s'il vous plaiſt. Il
s'en preſentera quelqu'un à

loifir, & comme je n'en fuis point preffé, je l'attendray avec patience.

M. du Ryer travaille fans intermiffion à la traduction de la deuxiéme partie de Strada, que l'on imprimera en diligence dés qu'il l'aura un peu avancée. Le premier Volume du Theatro d'Honneur & de Chevalerie de M. de la Colombiere eft achevé, & l'on travaille au fecond, c'eft un ouvrage fort curieux. Il font tous deux in folio. Il y a auffi quatre ou cinq parties de Cleopatre d'imprimées. Si vous les defirez enfeignez-moy la voye par laquelle je pourray vous les faire tenir, & je vous les envoyeray auffi-toft.

Je fuis trop obligé à Meffieurs

fieurs de la Sabliere & Morin de leur fouvenir, dont je vous fupplie de les remercier pour moy, & de les affeurer de mon tres-humble fervice ; je n'ay encore peu recouvrer l'ufage de mes jambes, & quand j'au- rois efté auffi bon amy de la Geoliere de la Conciergerie, que le Chevalier de * * *, je n'aurois peu me fauver, fi j'euffe efté en fa place, fi quel- qu'un ne m'euft emporté fur fes épaules : En quelqu'eftat que je fois, je feray toûjours,

MONSIEUR,

Voftre, &c.

A Paris ce 20. Mars 1648.

Je n'ay rien aujourd'huy à

R

vous envoyer que certains
Vaudevilles, qu'on appelle des
Qu'en dira-t'on ? dont l'air est
fort joly, c'est pourquoy je les
ay fait notter.

LETTRE XXXIII.

MONSIEUR,

La diligence du Courrier de
de la semaine passée, est cause que nous n'avons point receu
de nouvelles celle-cy; j'en attens des vostres aprés demain,
& cependant je n'ay aujour-
d'huy qu'à vous supplier de
vous enquerir de ce qu'il y aura à faire pour les R. P. de la
Doctrine Chrestienne, sur la
dépesche que M. l'Ambassadeur doit recevoir à leur sujet.
Le trés-Reverend Pere Hercules leur premier General, &
mon amy tout particulier vous
en écrit, & je joins mes prie-

R ij

res aux siennes avec toute l'affection que je puis. Il m'a dit
que M. Bugis & M. Bosquet
vous entretiendront de cette
affaire, obligez-moy d'en avoir
le même soin, que vous avez
eu jusqu'icy des choses, dont
je vous ay prié, & de croire
que vous ne me sçauriez faire de faveur plus sensible que
celle-cy. Quand vous serez de
retour, je vous feray faire connoissance avec le R. P. Hercules, & vous m'avoüerez, je
m'asseure, que vous n'aurez
jamais connu de meilleur, ny
de plus honneste homme, ny
qui ait le cœur & l'esprit mieux
fait. Le pauvre P. Rousseau est
malade à l'extrémité, & je
crains bien que cette maison
ne le perde, ce qui luy seroit

de grand préjudice. Plufieurs
autres fe font offerts au R. P.
Hercules pour vous écrire, mais
il s'eft contenté de me choifir
pour interceffeur avec luy, je
dirois qu'en choififfant il a pris
le pire, s'il s'agiffoit de quelqu'autre chofe, que de recevoir des effets de voftre affection : Mais en ce point là j'aurois tort, & je vous en ferois,
fi je croiois que quelqu'autre
l'eût peu mieux fervir que moy.
De forte que vous ne devez pas
vous étonner de ce qu'un General d'Ordre a préferé un In-
fidelle felon fon fens, à tous
ceux de fon party.

La Reine doit revenir au-
jourd'huy de voftre bonne Ville de Chartres, on ne manquera pas à vous mander les par-

R iij

ticularitez de la Réception qui
luy aura efté faite.

Les miferables qui ont fait
le vol de l'Abbé de la Riviere
font convaincus & condamnez;
l'execution s'en fera peut-eftre
demain. Il n'y a rien de fi horrible que toute la fuite de cette
Hiftoire, dont je croy que le
Gazettier ne manquera pas à
donner le fommaire. Nous attendons des nouvelles de l'execution de N. & de fes complices, & de ce qu'elle produi-
ra. Les Divifions du Peuple
de Naples me font craindre
que cét affaire n'ait pas tout le
fuccés qu'on s'en pourroit promettre, fi elle euft efté mieux
conduite.

Si les difcours ou annota-
tions de *Vicenzo Cartari*, fui

les Fastes d'Ovide se peuvent rencontrer, obligez moy de me les faire acheter. J'ay sa Version du même Ouvrage *in verfi Sciolti*; mais je serois fort aise d'avoir aussi son Commentaire, qu'on m'a dit qui est fort bon.

Il court force bruits des nouveaux efforts que le Duc de Baviere fait pour essayer de faire faire la Paix, du moins en Allemagne. On dit même qu'il offre de donner son fils en ôtage au Roy pour seureté de sa parole : Mais je croy que les Suedois, aussi-bien que nous voudront cette fois icy avoir de bonnes Places pour gages de ce qu'il promettra. Nostre Armée & la leur est de vingt mille hommes de pied, & de

huit mille Chevaux effectifs,
& fort leftes, qui font retirer devant eux l'Armée Imperiale, &
Bavaroife, & trembler tout le
païs de cét Electeur. Je vous bai-
fe tres-humblement les mains,
& fuis,

MONSIEUR,

Voftre, &c.

A Paris ce 27. Mars 1648.

❦❀✳❀✳❀✳❀✳❀✳❀✳❀❦

LETTRE XXXIV.

MONSIEUR,

Vous m'avez écrit une Lettre si italienne, qu'il n'y a point d'Italien si raffiné, qui puisse croire sans jalousie qu'elle ait esté faite par un François. Je voy bien à cette heure que vous n'avez differé quelque temps de m'écrire en cette langue, qu'afin que ce fût avec autant de pureté & de délicatesse que si elle vous estoit naturelle, & je vous jure que le peu de connoissance que j'en ay me persuade, qu'il y a peu d'Ecrivains aujourd'huy en Italie, qui ayent un stile aussi agreable &

auffi naturel que le voftre. J'ay
eû autrefois la temerité d'écrire quelques Lettres & quelques Billets en ce langage; mais
c'eftoit à des Gens qui n'en
fçavoient guerre plus que moy.
De forte que je n'ay ofé vous
faire réponfe qu'en françois de
peur de vous faire voir non
feulement des barbarifmes, mais
des francififmes qui font iné-
vitables à une homme qui n'a
jamais bougé de Paris, & qui
ne connoît que médiocrement
l'Italien des Livres, qui eft toûjours different de celuy du commerce. Continüez donc à m'en
donner des Leçons, & quand
j'en auray profité, vous verrez que je n'en feray pas in-
grat, mais que j'auray foin de
vous donner des preuves de ma

reconnoiſſance.

Je croyois apprendre par voſtre derniere Lettre l'execution de N. mais s'il eſt vray qu'il ait eſté mis en liberté, comme le bruit en couroit, je ne m'étonne pas qu'on die auſſi que les affaires de Naples vont fort mal.

J'attens par l'Ordinaire d'aprés demain, ce qui aura ſuivy l'arrivée de la Princeſſe de Roſſano à Rome, dont vous n'aurez pas oublié à me marquer les particularitez.

Je vous rens graces des Vers que vous m'avez envoyez ſur le Mariage du Duc de Modene: ſi vous ſçavez le nom de l'Auteur obligez moy de me le mander.

Je vous envoye des Vers de

Devotion, & convenables au
temps où nous sommes; je croy
qu'on les estimera en Italie,
car ils ont beaucoup de feu,
de pompe, & de pensées. C'est
un de mes amis qui les a faits,
qui est un homme de qualité,
& qui a un tres-beau genie
pour la Poësie.

Je ne sçay si j'ay marqué le
Varetro di Capriccio Capricci, dans
le memoire des Livres que je
vous ay prié de me faire chercher : s'il n'y est pas, je vous
prie de l'y ajoûter : ce n'est pas
qu'il soit fort bon, mais c'est
pour avoir la suite de cette
Controverse. Je n'ay ny l'Histoire de Gennes du *Giustiniani*,
qui est une vieille Chronique
tres-rare icy, ny l'Histoire de
de Naples *d'Angelo di Costanzo*,

comme je vous ay mandé.

Vous aurez appris le danger
qu'ont couru toutes les Galle-
res, & tous les Vaiſſeaux qui
ſont au Port de Marſeille au
nombre de douze cens Voiles,
par des feux d'artifice qu'on y
vouloit attacher, & dont l'execution eſtoit infaillible, ſi elle
n'eût été empêchée par un bon-
heur extrême, la choſe ayant
été decouverte un quart d'heure avant l'effet, qui avoit déja
commencé, y ayant eu quelque
choſe d'une Gallere, & de quelques Vaiſſeaux brulez. On croit
que ce ſont les Eſpagnols qui
ſont les Autheurs de cé deſſein,
& il y a grande apparence. Cés
feux eſtoient de nouvelle in-
vention, & on m'en a envoyé
la figure.

Les Hollandois commencent à se broüiller entr'eux sur la publication de la Paix avec l'Espagne, & il y a des Provinces qui resistent fortement.

Les Suedois assiegent une des Places du Duc de Baviere, & nous une autre.

M. le Prince partira pour aller en Flandres avant les Festes, à ce que l'on tient. A cette heure que le *Procaccio* de Naples va & vient librement ; si vous pouvez me faire avoir tous les Actes qui ont esté imprimez depuis le soulevement du Peuple, de quelque nature qu'ils soient, je vous en auray obligation; aimez-moy toûjours je vous prie, & croyez que je suis,

Monsieur,

Vostre, &c.

Je vous envoye une Lettre
que M. de Balzac a écrite à M.
le Cardinal Mazarin, pour luy
faire un remerciment. Elle a
esté trouvée parfaitement belle à Paris, & je croy qu'elle
ne sera pas moins estimée à Rome, par ceux qui entendent
nostre langue. Je vous prie de
la faire voir à M. de S. Nicolas, s'il n'est point party, &
de l'assurer de mon tres-humble service; vous aurez la copie même que M. de Balzac
m'a envoyée.

A Paris ce 2. Avril 1648.

❦❦❦❦❦❦❦❦·❦❦❦❦❦❦❦❦

LETTRE XXXV.

MONSIEUR,

J'ay reçeu voftre feconde
Lettre italienne, qui ne doit
rien à la premiere pour la pureté, ny pour l'élegance, & qui
m'apprend que vous devez a-
voir fait en cette langue une
étude fort affiduë & fort particuliere. Je croy que peu de
François iront auffi vifte que
vous en cela, parce qu'ils vont
plus vifte en d'autres chofes, où
il eft bon de les laiffer courir.

J'ay efté bien aifé d'apprendre l'arrivée de M. le Prefident
Boutard à Rome, il m'a fait
l'honneur de m'écrire par l'Ex-
trordinaire

traordinaire qui a apporté le
paquet de M. de Guise ; vou
voulez bien que je vous adreff
la réponse que je luy fais.

Je vous envoye auffi des Let
tres du Roy, & une pour vo
du R. Pere Hercules avec u
inftruction, où vous appr
drez dequoy ils ont befo
Je joins mes prieres aux fienn
& vous conjure de faire en c
te affaire tout ce qui vous f
ra poffible, pour vaincre le
longueurs & les difficultez de l
Cour de Rome. Le P. Hercu
les faifoit difficulté de vous
donner cette peine, n'ayant pas
de bien d'eftre connu de vous:
Mais je l'ay affuré que vous
l'apprendriez avec joye, s'agif-
fant d'une action de charité,
& d'obliger une Congregation

S

d'honneſtes Gens, qui ont le
bon-heur de l'avoir pour Chef.

Je vous rends mille graces,
& de ce que vous m'avez fait
la faveur de m'envoyer par le
dernier Courrier, & de ce que
vous me promettez encore à la
premiere commodité ; je parle
de cette Relation de Naples,
que vous me faites eſperer, &
dont je vous auray une extrême obligation; car je l'attens a-
vec impatience pour le deſir que
j'ay de voir comme tout s'y eſt
paſſé. Je diray auſſi à M. Courbé l'obligation qu'il vous a d'a-
voir penſé à luy pour la traduction de cét Ouvrage, qui ne
ſçauroit eſtre que bonne pour
luy en ce temps cy, mais je
crains bien que quelqu'un ne le
prévienne, & ne trouve moyen

de le faire traduire fur l'exemplaire de M. le Cardinal.

Les nouvelles de Naples que
vous me mandez font affez con-
fiderables, pour recompenfer
les deux Ordinaires p r lefquels
nous n'en avons point eu. Celuy qui les a apportées icy, dit
que Gennaro a efté executé,
mais j'ay peine à le croire puifque toutes les Lettres de Rome, non plus que les voftres
n'en font point mention. Je
m'eftonne extrémement de ce
qu'elles ne difent rien de N. que
l'on dit auffi qui a efté executé.

M. le Prince doit aller demain à Chantilly, où il paffera
des Feftes, & delà il fe rendra
en l'Armée de Flandres, qu'il
doit commander. Mrs les Ma-
réchaux de la Meilleraye, & de

Grandmont mandent qu'il y a
déja beaucoup de Troupes affemblées, & qu'elles font fort
belles ; de long-temps il ne s'eft
trouvé des Gens de guerre fi
facilement que cette année.

On croit la Paix de l'Empire
fur le point d'eftre concluë
par les inftances du Duc de Baviere, qui fe fent preffé des
Armées Confederées au delà
du Danube, où elles ont pris
leurs quartiers. Celle de Baviere
fera contrainte de prendre les
fiens dans fes eftats & celle de
l'Empereur dans la Bohême.

M. d'Avaux avoit eu ordre
de venir, fi la Paix des Hollandois avec l'Efpagne eftoit
publiée ; Mais on dit que depuis il a eu permiffion de partir de Munfter fans reftriction,

de ſorte qu'on croit qu'il ſera
bien-tôt icy. Cette Paix de Hollande ſemble avoir encore quelque nouvel obſtacle, y ayant
trois ou quatre Provinces qui
reſiſtent fortement à ſa publication, à cauſe diſent-elles,
qu'on n'y a pas eu le ſoin qu'on
devoit de ce qui concerne la
Religion: Et l'on dit même que
Knuyt qui eſt le grand Fabri-
cateur de cette machine de la
Paix avec les Eſpagnols, a eſté
couru par le Peuple en quelques Villes, & qu'il y eſt en
fort mauvaiſe odeur.

Si vous avez trouvé quelques
Livres pour moy, j'eſpere que
vous les aurez donnez à M. de
S. Nicolas, & qu'il m'aura fait
la grace de les faire mettre dans
quelqu'unes de ſes balles, ce

que je fouhaitterois, afin de les
recevoir plus feûrement. S'il
n'eft point encore party, je
vous fupplie de l'affurer de mes
refpects, & du defir paffionné
que j'ay de le revoir icy. M.
Boutard pourra m'apporter le
refte de ce que vous m'achepterez, & vous aurez le temps
de le faire chercher pendant
fon fejour, fi vous avez a-
greable de prendre de luy ce
que vous avez débourfé pour
moy, je le luy rendray icy, ou
bien vous me mandrez, s'il vous
plaift à qui vous voulez que je
le donne, vous priant de prendre garde que rien ne foit oublié. Je ne vous envoye rien
aujourd'hui, cette faifon ne pro-
duifant que des actions de devotion, mais non pas des Ou-

vrages d'efprit. Il n'en viendra
aucun à ma connoiffance, dont
je ne vous faffe part, vous m'y
obligez bien par tous les foins
que vous prenez pour moy; &
quand cela ne feroit pas, le feul
defir de vous donner la fatisfaction de voir de belles chofes, & d'en faire voir à Mademoifelle de Fontenay, me
feroit faire tout ce que je fais
à cette heure par obligation,
je fuis,

MONSIEUR,

Voftre, &c.

A Paris ce 10. Avril 1648.

Le pauvre P. Rouffeau eft
toûjours extrémement malade,
& il y a peu d'apparence qu'il

en puiſſe échaper. Si un Poëme de l'Abbé de *Guaſtalla*, intitulé *Nautica*, ſe rencoutroit
ſous voſtre main , vous m'o-
bligerez de me l'achepter.

LETTRE

LETTRE XXXVI.

MONSIEUR,

Je vous manday par le dernier Ordinaire que j'avois receu
de pacquet, dont vous aviez
chargé le Gentil-homme de M.
de Guise, & vous remerciay
de tout de ce que j'y avois
trouvé. Depuis cela, j'ay voulu faire quelques remedes pour
essayer de recouvrer ma santé,
mais je l'ay encore plus alterée
qu'elle n'estoit, & écrivant cette Lettre je suis si abbattu, que
je ne la pourrois achever, si je
ne la finissois bien-tôt, aussi bien
je n'ay receu qu'un mot de vous
par l'Ordinaire de Dimanche,

T

fur lequel je n'ay rien à vous
dire, finon que vous eftes Italien confirmé pour le langage,
& que je n'ay jamais veu perfonne qui ait tant fait de progrés que vous en cette langue
en fi peu de temps : Je croy que
vous en fçavez affez pour vous
faire recevoir en l'Accademie
des Humoriftes, je dirois de la
Crufca, fi vous eftiez à Florence, cela veut dire, que je
vous tiens capable de vous produire même aux lieux où l'on
a le plus d'exactitude. Je ne
fçay fi M. de la Sabliere a fait
autant de progrés que vous en
cét étude : Il me mande qu'il
n'a point de plus grand plaifir
que d'eftre avec vous, & me
fait encore de nouveaux remercimens de luy avoir pro-

curé voftre connoiffance ; je
vous fupplie de l'affurer de mon
fervice, & M. Boutard auffi à
qui j'écrivis par le dernier Ordinaire: Je vous envoye ma Lettre avec diverfes Dépefches
pour l'affaire des P. P. de la
Doctrine Chrêtienne, dont le
R. P. Hercules vous a informé. Je ne vous la recommande plus, parce que je fuis perfuadé que vous en aurez tout
le foin, que nous fçaurions foû-
haiter.

Je croy M. de S. Nicolas
party, & foûhaitte que fon
voyage foit prompt & heureux.
J'ay veu la Lettre que le Roy
luy a écrite, pour luy permet-
tre de revenir fur les preffantes
inftances qu'il en avoit faites;
il n'y en eut jamais de plus ob-

bligeante d'un Souverain à fon Sujet.

Nous fommes en attente de ce qu'on fera en Flandres, pour commencer la Campagne. Les Ennemis fe hâtent auffi bien que nous ; & le Duc Charles s'est accommodé avec eux, à fon ordinaire : Le Duc de Ba-vi ere est en grande allarme, & preffe la Paix de l'Empire de tout fon pouvoir.

Je vous recommande la Re-lation des troubles de Naples que vous m'avez fait efperer, je vous conjure de me croire toûjours,

MONSIEUR,

Voftre, &c.

A Paris ce 17. Avril 168.

Si vous pouvez rencontrer ce qu'a | fait *Alcandro* sur la devise des Humoristes, & quelques autres Oeuvres Italiennes de luy, vous m'obligerez de les achepter.

❀❀❀❀❀❀❀❀ ❀❀❀❀❀❀❀❀

LETTRE XXXVII.

MONSIEUR,

N'ayant ny nouvelles à vous
mander, ny prefens à vous faire, je vous écris feulement ce
mot, pour vous dire que j'ay receu voftre lettre Italienne du
30. du mois paffé, qui m'apprend qu'il vous eft auffi facile
d'écrire en cette langue, qu'en
celle qui vous eft naturelle.
Les remercimens que vous me
faites, font des effets de voftre
courtoifie, car je ne prétens pas
avoir fatisfait à toutes les obligations que je vous ay, vous
avez veu par mes precedentes

la confiance que j'ay en voſtre
affection, ſans laquelle je ne
vous aurois pas demandé tant
de Livres. Si vous en rencontrez quelqu'un, vous m'en envoyerez, s'il vous plaiſt le memoire avec le prix, & vous y
ajoûterez ce que vous avez
déja débourſé pour moy.
Si M. Boutard veut vous bailler
ce à quoy montera le memoire,
il m'obligera, & je luy rendray
icy fort ponctuellement, je vous
prie de ne manquer à le luy
demander, afin de ne m'ôter
pas la liberté de vous faire de
ſemblables prieres aux occaſions, je ne ſçay ſi dans la li-
ſte des Livres que je vous ay
prié de me faire chercher, j'ay
mis *le guerre di Parnaſſo del He-*
ricco ſtampato in Venetia in 12.

T iiij

s'il n'y eft pas, vous m'obligerez de me le faire chercher,
& de me l'envoyer le plûtoft
que vous pourrez en blanc,
s'il y a moyen.

J'efpere que bien-toft nous
aurons des nouvelles de noftre
Campagne à vous mander, j'en
attends auffi de vous touchant
les affaires de Naples. Noftre
Armée Navalle fe prepare pour
y aller bien-toft; celles de Flandres font belles,& celles des ennemis tres-fatiguées pour avoir
voulu marcher en Campagne
de trop bonne-heure par le
deffein qu'ils avoient de nous
enlever Courtray. Les Suedois
ny nos Gens n'ont point paffé
dans la Baviere, comme nous
avions creu, parce que les Imperiaux, & les Bavarois receu-

rent des troupes de renfort, qui nous pouvoient difputer ce paffage ; on croit neanmoins que les Suedois feront un ef- fort pour cela, pour fe van- ger de ce Prince, de qui ils font fi mal fatisfaits, qu'ils n'ont rien plus à cœur que de rava- ger fon païs.

J'ay veu un Epithalame fur le Mariage du Duc de Modene par un de fes Secretaires nom- mé Graziani, où il y a quantité de fort beaux Vers, fi vous ne l'avez point, il merite que vous ayez la curiofité de le voir: Je vous donne le bon foir, & fuis,

MONSIEUR,

Voftre, &c.

A Paris ce 24. Avril 1648.

✿✿✿✿✿✿✿✿✿✿✿✿✿✿✿✿✿

LETTRE XXXVIII.

MONSIEUR,

En même temps que j'ay
receu voſtre Lettre du ſixié-
me de ce mois, où vous me
mandiez pluſieurs nouvelles de
Naples, nous en avons appris
d'autres bien fâcheuſes, & qui
auront ſans doute de mauvaiſes
ſuites. M. le Chevalier de Guiſe eſt allé en poſte trouver le
Duc Charles en Flandres, pour
eſſayer par ſon moyen d'obtenir quelque choſe des Eſpagnols en faveur de M. ſon frere.
Mais on croit pour certain qu'ils
le voudront mener en Eſpagne en Triomphe, pour faire

parade à leurs Peuples de l'avantage qu'ils ont remporté à Naples : Il y en a qui difent qu'on
fe fervira de l'interceffion de
la Comteffe de Boffu , pour
demander fa liberté. Ce feroit
une rencontre affez plaifante,
que cette avanture finift par
leur Mariage, & l'on pourroit
dire alors que le Roman feroit
achevé. Ce ne feroit pas à l'a-
vantage , ny au contentement
de Mademoifelle N. qui eft
toûjours perfuadée qu'il doit
eftre fon Mary. Je vous envoye une copie de deux Lettres qu'il a écrites à fon occafion , & que vous n'avez peut-
eftre pas veuës , car elles ne
font pas communes, on ne fçau-
ra point s'il vous plaift qu'elles viennent de moy.

M. N. eft peu heureux dans
fes entreprifes, il meriteroit
pourtant de l'eftre, car il eft
homme d'efprit & de fçavoir,
fi vous apprenez ce qu'il fera
devenu vous m'obligerez de
me le mander.

Je croy que deformais il feroit difficile d'avoir de Naples
l'Hiftoire d'*Angelo di Coftan-*
zo, mais foit delà ou d'ailleurs
fi vous la pouvez recouvrer,
vous me ferez un extréme plaifir.

Je n'accepte point l'offre que
vous me faites de la *Diffefa del*
l'Anticrufca, ny d'aucun de vos
Livres, mais fi vous en rencontrez de pareils fans beaucoup de peine, vous me ferez
s'il vous plaift la faveur de les
prendre pour moy. Ie vous au-

ray bien de l'obligation, si vous
m'envoyez un memoire des
bons Livres que vous verrez,
s'il y en a de curieux dans la
Biblioteque du Prince de Bot-
tero, & que vous puissiez en
avoir une liste avec le prix, je
serois bien aise de l'avoir, je
pourrois vous faire tenir de l'argent par Lion ou par Venise,
au cas qu'il y en eut un nombre considerable : Pour ce que
vous avez déja déboursépour
moy, je vous ay prié de le
prendre de M. Boutard, sinon
ordonnez-moy de les donner
icy à quelqu'un. Je suis,

MONSIEUR,

Voftre, &c.

A Paris ce dernier Avril 1648.

❈❈✦❈✦❈✦❈✦❈✦❈❈

LETTRE XXXIX.

MONSIEUR,

J'ay receu par le dernier Extraordinaire voſtre Lettre du treiziéme du mois paſſé avec le *Ripoſo di Borghini,* que je n'avois jamais veu, je ſeray bien aiſe de le lire, puiſque vous me l'avez envoyé, mais je le garderay pour vous le rendre à vôtre retour, ſi ce n'eſt que vous en trouviez un autre, vous aſſurant une fois pour toutes que je ne prendray aucun de vos Livres, & qu'il ſuffit bien de la peine que vous avez priſe à me faire chercher quelques uns de ceux que je vous ay deman-

dé. N'oubliez pas s'il vous plaiſt
de me faire faire du papier le
plus beau qu'il ſe pourra, je
n'en ſuis pas preſſé, mais je ſeray bien-aiſe qu'il ſoit du meilleur, & qu'il vienne par une
voye aſſurée, quand elle ſeroit
plus tardive.

Je ne vous envoye aujour-
d'huy que certains Vaudevilles
qui ſe chantent, j'eſpere que
par les Ordinaires ſuivans, je
pourray vous envoyer quelques
autres Galanteries.

Vous ne me mandez rien de
M. de la Sabliere, ny du retour de M. de S. Nicolas. L'E-
veſque du Mans eſt mort depuis quelques jours, on parle
de cét Eveſché pour luy : Et
je croy qu'il le pourra bien a-
voir, ſi ce n'eſt qu'on le don-

ne à M. l'Abbé Servien, lequel semble n'eſtre pas trop porté à l'Epiſcopat.

On ne parle plus du voyage de la Cour à Compiegne, & l'on croit qu'elle ira ſeulement à Ruel & à Fontaine-bleau. Nous attendons ce qu'entreprendra noſtre Armée de Flandres, qui eſt compoſée de fort bonnes troupes & fort nombreuſes. Elle ſera de trente-ſix mille hommes effectifs, à ce qu'on m'écrit: Celles des ennemis ſont encore dans leurs places, attendant ce que les noſtres feront.

MONSIEUR,

Voſtre, &c.

A Paris ce 8. May 1648.

Le

Le bruit court de la con-
clusion de la Paix d'Allemagne, & que les Espagnols même la pressent. Il vaudroit bien
mieux que ce fust la generale.
Je suis,

V

✳❈✳❈✳❈✳❈✳❈✳❈✳❈✳❈

LETTRE XL.

MONSIEUR,

Il court tant de bruits differens de M. de Guise, que
nous ne sçavons qu'en croire:
Les uns disent qu'il a esté re-
cous par des troupes du Peuple,
comme on le menoit de Gayet-
te à Capouë, les autres que
les Espagnols le laissent en liberté sur sa foy, & que même
ils luy font de grands honneurs,
parce qu'ils ont reconnu que
pour se vanger de ce qu'on n'a
pas traité M. N. comme il de-
siroit, il n'a pas fait à Naples
ce qu'il y eust peu faire con-
tr'eux. D'autres disent encore

d'autres choſes, m ais preſque
toutes abboutiſſent à ce même
ſens. Cependant Madame ſa
Mere caſſe icy ſa maiſon, &
congedié ceux de ſes Officiers,
qui eſtoient demeurez, & qui
ſe preparoient à l'aller trouver,
lorſqu'il a eſté pris. Du coſté
de la Cour, on donne les Ordres,
dont vous ſerez informé particulierement, puiſque M. l'Ambaſſadeur y doit avoir la meil-
leure part, & l'on preſſe noſtre
Armée Navalle de partir pour
ſe rendre à Naples en diligence,
je ne doute point qu'elle ne ſoit
fort puiſſante, mais je crains
qu'elle n'y puiſſe pas eſtre ſi-
toſt qu'on ſe le promettoit.

Le Voyage de leurs Maje-
ſtez en Picardie a eſté pluſieurs
fois reſolu, & pluſieurs fois rom-
pu.　　　　　　　V ij

On croit que la Ville d'Y-
pres eſt inveſtie par noſtre Armée de Flandres, mais je n'en
ay point encore veu d'avis certain. Les Ennemis ont crû
que nous en voulions à Cam-
bray. Le bruit court que le
Duc Charles s'y eſt jetté avec
trois mille hommes ; mais je ne
croy pas qu'ils luy ayent donné l'entrée d'une Place ſi importante, & de laquelle ils auroient grande peine à le tirer.

Je me doutois bien que le
départ de M. de la Sabliere
vous ſeroit ſenſible. Il mande
à M. ſon frere qu'il s'eſt auſſi
ſeparé de vous avec grand regret, mais vous vous rejondrez
quelque jour à Paris.

Je vous ay mandé que je vous

gardois voſtre *Ripoſo*, ſi vous n'en trouvez un autre à achepter. Je ne vous puis envoyer rien de nouveau au-jourd'huy, parce que je ſuis trop preſſé, je n'ay le temps que de vous aſſurer, que je ſuis,

MONSIEUR,

Voſtre, &c.

LETTRE XLI.

Monsieur,

Vos Lettres du 27. du mois
paffé, & du 3. de celuy-cy,
m'ont efté renduës prefqu'en
même temps, je ne me fou-
viens pas de quelles Poëfies
vous me demandez le nom de
l'Autheur, & peut-èftre que
je ne l'ay pas fceu moy-même,
puifque je ne vous l'ay pas
mandé.

J'avois receu une grande
joye du retour de M. l'Abbé
de S. Nicolas, mais elle a efté
fort courte, parce qu'on dit
qu'il a efté contremandé pour
les affaires de Naples, ce qui

me fait craindre qu'il paſſera
encore tout l'Eté, & peut-eſtte
tout l'hyver en Italie. Je ne
ſuis point preſſé des Livres dont
vous avez chargé ſon Secretaire, ſoit qu'il les apporte ou
qu'ils les envoye ce ſera ſans
doute fort ſeurement; car les
Domeſtiques imitent la ponctualité du Maiſtre, qui eſt
au delà de toute autre. I'ay
un tres-grand regret, que vous
n'ayez peu avoir la Relation
de Naples : Et s'il ſe preſente
quelque occaſion d'en recouvrer une, je vous prie de n'y
rien eſpargner. La commodité
que vous prendrez pour envoyer les Livres de M. de la
Sabliere, ſera bonne pour m'envoyer le Papier que vous m'a-
vez fait faire, & les Livres que

vous aurez trouvez pour
moy, faites-moy la faveur de
m'en envoyer le memoire, je
me doutois bien que vous re-
ceveriez volontiers la priere
que le R. P. Hercules vous a
faite, & que vous feriez bien-
aife d'avoir occafion d'obliger,
cét Ordre entier, & luy qui
en eft le tres-digne Chef. J'ay
beaucoup de joye de ce que
vous avez receu les papiers;
pour le temps d'agir nous le
laiffons à voftre prudence : Car
nous fçavons bien qu'à Rome,
comme en toutes les autres
Cours, le principal pour faire
réuffir une affaire, eft de bien
prendre fon temps, je fuis affuré que dés qu'il s'en offrira un
favorable, vous ne le laifferez
pas paffer, & que vous ne manquerez

querez pas à nous avertir de tout ce qui se passera. Le P. Rousseau est presque ressuscité, car sa vie a esté reduite à telle extrêmité, que l'on n'en attendoit plus rien ; mais il est en bon estat à cette heure.

Un Escadre de l'Armée Navale qui doit aller à Naples est partie : Mais elle a esté contrainte de revenir à Toulon. M. de Montade qui la doit commander partit d'icy il y a quatre jours en poste, on croit que toute l'Armée ne tardera plus à faire voile, & selon ce que vous & tous les autres écrivent, les Napolitains en ont grand besoin, estans pressez par deux ennemis, aussi fascheux que l'Espagne & la faim.

M. le Prince assiege Ypres,

X.

où l'on dit qu'il n'y a que mille hommes de Garnison. La circonvallation en doit estre fort
avancée, selon ce qu'on a écrit,
nonobstant qu'elle doive estre
fort grande : tant parce que la
Place est d'étenduë, qu'à cause qu'il y a fallu enfermer un
marais. Les ennemis assem-
blent leurs forces en diligence,
& menacent nos Gens de les
combatre ; mais on ne croit pas
qu'ils hazardent une Bataille ;
& il y en a qui estiment qu'ils
feront plûtost quelque diversion.

M. d'Avaux ayant demandé
permission de revenir à Paris,
pour y faire sa Charge de Sur-
Intendant ; on luy a accordé
le premier, & refusé l'autre ;
on luy a même écrit que s'il

vient icy, il ne verra ny le Roy, ny la Reine, ny les Miniftres, ce qui fait croire qu'il n'y viendra pas.

La Paix d'Allemagne fe traitte toûjours, & le Duc de Baviere nous entretient dans des Traittez, qui donnent grande jaloufie aux Suedois, voilà tout ce que je puis vous dire aujourd'huy. Je fuis,

MONSIEUR,

Voftre, &c.

A Paris ce 22. May 1648.

X ij

✳✱✳✱✳✱✳✱✳✱✳✱✳✱

LETTRE XLII.

MONSIEUR,

Je vous écris à la veille de mon départ pour Bourbon, où je m'en vay chercher quelque foulagement à mes maux, aprés avoir eprouvé inutilementbeaucoup d'autres remedes. Vous n'aurez point de mes nouvelles pendant que j'y feray; car c'eft un des preceptes pour profiter des eaux, que de ne rien faire, & fur tout de ne point écrire en les prenant, joint que je ne fçaurois comment vous adreffer mes Lettres, & que je n'aurois rien à vous mander: Vous ne laifferez pas, s'il vous

plaiſt, de continuer à m'écrire;
car je ſeray de retour avant que
vous ayez receu cette Lettre,
& que voſtre réponſe ſoit icy.
Je receus dimanche un pacquet
de voſtre part ſans Lettre, où
j'ay trouvé un Imprimé ſous le
nom d'un Religieux touchant
les affaires de Naples; je vous
en rends graces, & ſuis bien
marry de n'avoir rien en échange à vous envoyer. Je crains
que les pauvres Napolitains
n'ayent plus que la voix & la
plainte, ſi nous ne les ſe-
courons promptement : Une
partie de l'Armée Navalle doit
eſtre arrivée à cette heure, & le
reſte ne doit pas tarder à ſuivre.
Vous ne ſerez pas moins ſurpris que nous de la ſurpriſe de
Courtray par les Eſpagnols pen-

dant le Siege d'Ypres : Le Gouverneur, le Comte de Palluau,
avoit eu Ordre de mener deux
mille hommes de sa Garnison
à l'Armée, ce que les ennemis
ayant sceu, ils allerent en plain
jour attaquer la Ville, & la prirent. Le vieux Chasteau & la
Citadelle se défendent, & M.
le Prince presse Ypres le plus
qu'il peut, pour les aller secourir. On avoit creu qu'il s'en
rendroit Maistre plûtost, quelques uns croient qu'il pourra y
avoir Combat.

Les Armées d'Allemagne s'a-
vancent l'une contre l'autre &
semblent se disposer à une Bataille, voilà ce que vous aurez
de moy pour ce coup. Je suis.

MONSIEUR,

Vostre, &c.

A Paris ce 29. May 1648.

LETTRE XLIII.

MONSIEUR,

J'ay fait Dieu-mercy un voyage heureux, & ay rapporté plus
de santé que je n'eusse osé esperer : Je sçay que vous m'aimez assez pour vous en réjoüir,
comme du bien le plus doux
& le plus necessaire de ma vie.
Je ne vous ay point écrit pendant mon absence pour ne vous
charger pas de Lettres inutiles,
& par lesquelles je ne vous eusse peu mander de nouvelles
que des beuveurs d'eau de Bourbon, qui n'estoient considera-
bles, ny pour leur nombre
ny pour leur qualité. J'auro i

X iiij

aujourd'huy à respondre à huit de vos Lettres, qui toutes sont tres-obligeantes ; mais il y a si peu de temps que je suis de retour que je me trouve accablé de visites & d'affaires, de sorte que je ne sçaurois que vous remercier en gros par cét Ordinaire de toutes vos faveurs, ausquelles il ne se peut rien ajoûter pour le soin & la ponctualité. Jay receu la *Parthenope liberata* par la poste, on l'avoit apportée chez moy avant mon retour ; Mais mes Gens ne l'avoient pas voulu recevoir, parce qu'ils avoient taxé le port à un prix excessif. Quand je fus arvé, je l'envoyay chercher, je suis tres-aise de l'avoir, & vous m'avez fait un extrême plaisir de ne la laisser échapper. En

pareilles rencontres vous pourrez ne pas efpargner ma bour-
fe, même fans me confulter,
quand ce font des chofes effe-
ctivement bonnes & rares.

Mais il ne faudra plus rien
envoyer s'il vous plaift par la
pofte, parce que c'eft une é-
corcherie, & qu'on ne peut
tirer raifon de fes petits tyrans
de Commis, comme je ne feray point preffé de toutes les
chofes que vous aurez à m'envoyer, vous pourrez auffi attendre patiemment les voyes
commodes & faciles pour me
les faire tenir. J'ay receu par le
Secretaire de M. de S. Nicolas un pacquet qui en con-
tenoit trois autres, deux pour
Chartres, & un pour moy, j'attens voftre ordre pour ceux

là , & vous remercie du mien.

L'Inca Garcilaffo de la Vega, a fait deux tomes de *Commentarios Reales*, des Yncas Roys du Peru que j'eftime infiniment, & qui fe trouvent peu : je les ay tous deux ; mais je voudrois avoir trouvé l'Hiftoire de la Floride qu'il a faite auffi, & que vous m'obligerez de m'acheter, fi vous la rencontriez. On a auffi imprimé les Poëfies du Comte de Villamediana, qui font fort eftimées, & un Poëme Heroique en Portugais; mais commenté en Caftillan, intitulé *Luziada de Luis de Camoens*, dont on parle comme d'un chef-d'œuvre. J'ay veu un Recüeil de vers en Efpagnol in 4°. où il y quantité de Pieces d'Horace traduites,

qui me semble affez bon, c'eft
le feul qui me manque avec
la Floride de l'Inca, dont je
vous ay parlé; car j'ay tous les
autres. L'Hiftoire de D. Jean
II. Roy de Caftille eft fort rare, & celle de D. Jean II. Roy
de Portugal eft fort bonne.

Je vous envoye une Epître
de M. de Boifrobert, & une
Galenterie d'une belle Damoi-
felle à M. Lambert Muficien.
C'eft tout ce que j'ay trouvé
icy de nouveau à mon retour.
Si je rencontrois quelque commodité pour vous envoyer quelques Livres, j'en ay de nouveaux qui ne vous déplairoient
pas, & je m'en informeray a-
vec foin.

Le tres-Reverend Pere Hercules vous rend graces de l'in-

clination que vous avez de l'o-
bliger, & vous prie de n'ou-
blier pas leur affaire, quand
vous jugerez le temps propre
d'en parler. Il sçait bien que
les conjonctures doivent estre
observées au lieu où vous estes
plus qu'en aucun autre; je vous
auray la même obligation de ce
que vous ferez pour eux, que
si vous le faisiez pour moy-même. Je suis,

MONSIEUR,

Vostre, &c.

A Paris ce 17. Iuillet 1648.

✦✦✦✦✦✦✦✦ ✦✦✦✦✦✦✦✦

LETTRE XLIV.

MONSIEUR,

    Je suis tout confusdes pei-
nes que je vous donne ; à
voir le soin que vous prenez
pour moy, il semble que vous
ne soyez allé à Rome, que
pour estre mon resident. Les
deux grands memoires que vous
m'avez envoyé, me font voir
quels sont vos soins pour m'o-
bliger. J'ay fait un petit ex-
trait des Livres que je desire-
rois du plus grand, dont le con-
tenu estoit encore à vendre,
lorsque vous m'écrivites, &
vous m'obligerez de les prendre, s'ils ne sont point ven-

vendus lorfque vous receve-
rez mon Pacquet. Il faudra attendre quelque voye commode & facile pour les envoyer;
car je n'en fuis nullement preffé. Je vous envoye le Catalogue des Livres de Mathema-
tique qu'un de mes amis, qui
y eft fort fçavant, m'a donné.
Je fuis étonné que parmy tant
de Livres qui font à vendre,
vous ne m'ayez marqué aucunes Hiftoires, qui font de tous
les Livres Italiens les plus efti-
mables. Celle du *Giuftiniani*
eft la feule qui me manque,
& que je voudrois avoir. J'ay
grand regret que vous ayez laif-
fé échapper *le Lezzioni* du Va-
chi, fi vous les trouvez ailleurs, ne manquez pas s'il vous
plaift à me les acheter. On a

imprimé à Venife & à Genéve
le Revolutione di Napoli d'un
certain Giraffa, je ne les ay que
de Genéve, fi vous en trouvez de Venife, vous m'obligerez de les prendre auffi, ce livre eft plus petit que *la Parthenope liberata*, & à mon avis
moins exact.

Vous aurez appris la prife
par force de Tortofe en Catalogne par l'Armée du Roy:
Cette Conquefte nous a coû-
té d'honneftes Gens, & particulierement le Marquis de la
Trouffe, qui eftoit un des plus
braves & des plus accomplis
Cavaliers du Royaume. L'é-
pouvante eft grande dans l'Arragon, & dans la Valence où
nos Gens prétendent étendre
fort avant leurs Contributions,

& prendre leurs Quartiers d'hyver.

M. le Prince est venu icy, & n'y a esté que deux jours, le sujet de son voyage ne se dit point. Il s'en retourna à l'Armée sur l'avis qu'il eut que les Espagnols avoient décampé. Ils assiegent Furnes & se promettent bien de l'emporter, cela incommoderoit fort Dunquerque & Ypres. Quelques uns disent que le Mareschal de Rantzau n'a pas esté assez diligent, pour prévenir les ennemis, & leur empêcher ce Siege.

Si vous trouvez *le Guerre di Parnasso dell'Herrico*, souvenez-vous de me les acheter, je vous prie,

MONSIEUR,

Vostre, &c.

A Paris ce dernier Iuillet 1648.

LETTRE XLV.

MONSIEUR,

La lecture de voſtre Lettre
du 13. Juillet m'a donné beaucoup de plaiſir, & pour les nouvelles qu'elles contiennent,
& pour les conſiderations que
vous y faites ſur les affaires de
Naples qui ſont tres-judicieu-
ſes. On nous donne eſperance de touts coſtez que le Prince Thomas avec noſtre Armée
Navalle y pourra faire quelque
progrés, ſi les Nobles ſont ſoû-
levez contre les Eſpagnols,
comme on l'aſſure, & ſi la ne-
ceſſité oblige le Peuple à ſe
joindre à eux; quoy que juſ-

Y

ques icy ils ayent esté ennemis
mortels. D'autres croyent que
si nous ne pouvons pas faire
quelque prompt effet à Naples,
nostre Armée Navalle pourra
bien prendre la route de Catalogne, où l'effroy est si grand
depuis la prise de Tortose, que
si nous avions des Forces à y
envoyer en diligence, la pluspart des Peuples de Valence &
d'Arragon se souleveroient.

Le Siege de Furnes continuë,
& le Gouverneur qui est sage
& vaillant Soldat se défend cou-
rageusement. En Allemagne
l'Armée de l'Empereur, & celle du Duc de Baviere se doivent joindre sous un seul General, qui est Picolomini.

L'Intendant de M. ****
a esté mis en la Bastille, & de-

puis transferé au Bois de Vin-
cennes, on ne dit pas le fujet
au vray. Mais plufieurs croyent,
que c'eft à caufe d'un bruit
qui couroit, qu'on devoit pre-
fenter une Requefte au Parlement au nom de M. de ***
***** pour demander feure-
té de fa perfonne, afin de fe
juftifier. Il y a quelque temps
que cét Intendant porta à M.
de Lyonne Secretaire des Commandemens de la Reyne, une
Lettre de M. de **** ad-
reffante à S. M. Il en fut auffi
porté une autre en même temps
chez M. Goulas Secretaire des
Commandemens de M. le Duc
d'Orleans pour fon A. R.

MONSIEUR,

Voftre, &c.

A Paris ce 7. Aouft 1648.

Y ij

✿✿✿✿✿✿✿✿ ✿✿✿✿✿✿✿✿

LETTRE XLVI.

MONSIEUR,

L'eſperance que vous me
donnez de quelque ſuccés à
Naples pour noſtre Armée Navale, me donne de la joye,
mais augmenteroit autrement,
ſi vous me mandiez bien-toſt
qu'il fût arrivé ; car je ſoû-
haitterois fort que quelque choſe mortifiaſt les Eſpagnols, &
leur ôtaſt de la teſte cette pen-
ſée qu'ils ont, que la France ſe
broüillera par une Guerre civi-
le, qui leur fera recouvrer
tout ce qu'ils ont perdu. Cette
chimere leur a fait ſouffrir mille
incommoditez juſqu'icy, & re-

sister à la Paix avec une opi-
niastreté invincible.

Je ne suis point en doute
que vous ne fassiez en l'affaire des P. P. de la Doctrine
Chrestienne, tout ce que vous
pourrez dés que vous en trouverez l'occasion. C'est pourquoy sans vous en prier d'avantage, je vous assure seulement
que vous ne sçauriez rien faire
pour m'obliger, qui me touche plus sensiblement.

Je vous ay écrit amplement
touchant les Livres que vous
avez pris la peine de m'acheter, & ceux que je voudrois
encore. Si le Platon en cinq
volumes est fort beau, & n'est
guere rogné, vous le pourrez
acheter, & je vous prie de me
mander quand vous croyez

me les envoyer.   Je fuis.

MONSIEUR,

Voftre, &c

A Paris ce 14. Aouft 1648.

❀✻❀✻❀✻❀✻❀✻❀✻❀

LETTRE XLVI.

MONSIEUR,

Je n'ay point receu de vos
Lettres par le dernier Ordinaire ; en attendant, les nouvelles de ce qu'aura fait noftre
Armée Navalle, que je fouhaitte extrémement, & qui
font fort defirées de tout le
monde, Je vous diray que Ven-
dredy aprés que je vous eu é-
crit, nous eufmes le premier
avis de la défaite des Efpagnols par M. le Prince, & la
confirmation le lendemain par
M. de Chaftillon. Elle fe trouve tres-grande, y ayant eu plus
de trois mille morts du cofté

des ennemis, & cinq ou six
mille Prisonniers, trente-huit
pieces de Canon, & trois cens
Carosses pris entre lesquels est
celuy de l'Archiduc Leopol,
où s'est trouvé la permission
de combattre nostre Armée,
lorsqu'elle seroit de la moitié,
ou d'un tiers plus foible, que
la leur. Entre les Prisonniers,
se sont trouvez leurs Principaux Chefs, comme le General Bec qui est mort à Arras
de ses blessures: le Prince de
Ligne General de la Cavalle-
rie; le Comte de S. Amour General de l'Artillerie; dix-huit
Mestres de Camp, & une tres-
grande quantité de Capitaines
& d'autres Officiers. Mecre-
dy dernier au matin le *Te Deum*,
fut chanté à Nostre-Dame pour
cette

cette Victoire. Le Roy & la
Reine accompagnez de toute
la Cour y assisterent, & le Parlement avec les autres Compa-
gnies Souveraines. Cette ré-
joüissance ayant esté fort so-
lemnelle, & ayant fait conce-
voir à tout le monde une esperance presque certaine de
la paix fut troublée en un ins-
tant, comme vous le pourrez
assez apprendre par les Lettres
ordinaires. Je suis,

MONSIEUR,

Vostre, &c.

A Paris ce 28. Aoust 1648.

Z

✦✦✦✦✦✦✦✦✦✦✦✦✦✦✦✦✦

LETTRE XLVIII.

MONSIEUR,

Il faut que je vous die d'a-
bord que je vous ay grande
obligation de m'avoir donné
la connoiſſance de M. voſtre
Frere, & que je l'ay trouvé
tres-digne de porter cette qualité, & d'eſtre aimé de vous
comme il eſt. Il a fait peu de
ſejour icy, & n'a jamais voulu
que je ſceuſſe ſon logis pour
l'y aller voir; de ſorte que je
n'ay pû luy offrir que chez moy,
ce que je dois à ſon merite, &
à tant de bontez que vous avez
continuellement pour moy.
Je l'ay prié de m'employer avec

liberté, & pour ses affaires &
pour les vostres, s'il y en a où
il me juge propre ; & je me
plaindrois de vous & de luy,
si je sçavois que vous fissiez
cette faveur à quelqu'un à mon
préjudice. Quand vous luy
écrirez, je vous prie de l'as-
seurer que je luy suis entierement acquis, & que je me
tiendray heureux, quand il me
donnera occasion de le servir.
Je luy ay baillé les deux pac-
quets qui m'avoient esté mis
entre les mains par les gens de
M. l'Abbé de saint Nicolas.
J'ay receu de luy les rimes de
Scipione Herrico, dont je vous
remercie. C'est un des moindres ouvrages que j'aye veu
de cét Autheur. *Le Guerre di
Parnasso*, que je vous ay prié

de m'acheter eſt un des plus
ingenieux , & la lecture en eſt
tres - agreable. Si le Platon
eſt net & beau, vous ne laiſ-
ſerez pas de me l'envoyer
encore que je l'aye , car le
mien eſt rogné un peu prés de
la lettre.

Je vois bien qu'il faut que
j'accepte enfin le *Ripoſo del
Borghini*, puiſque vous ne voulez rien relâcher de voſtre
courtoiſie. Je vous en remercie donc, & il ſera deſormais
un des ornemens de mon cabinet par voſtre faveur.

Je vous écrivis Mardy par le
R. P. Barraut Procureur General de l'Ordre de la Doctrine
Chreſtienne, qui s'en va à Rome pour ſoliciter leur affaire
qui leur eſt extrémement im-

portante. Il a charge du tres
R. P. General de fe conduire
par vos confeils, & de vous
demander voftre affiftance en
fon nom & au mien. Je l'ay
affeuré que vous ne luy refu-
ferez rien de ce qui fera en
voftre pouvoir, & je vous en
conjure encore le plus fortement que je puis. Le P. Barraut vous rendra trois livres,
dont je l'ay chargé, & que je
vous prie d'avoir agreable, je
croy qu'ils ne vous déplairont
pas.

A mon avis, les Napolitains
auront vû partir noftre armée
Navale avec grand regret,
puifque fon départ les a remis
entierement fous le joug in-
fuportable qu'ils avoient tant
d'envie de fecoüer. Mais c'é-

Z iij

toit à eux à nous faciliter les
moyens de leur délivrance.
On croit que cette armée s'é-
tant rafraîchie aux coftes de
Provence pourra aller en Catalogne, où celle d'Efpagne
s'eft déja fait voir.

Monfieur Frere du Roy a la
petite verole, mais il n'en eft
pas fort malade, Dieu-mercy.

Furnes eft r'affiegé par M. le
Marefchal de Rantzau avec les
troupes que M. le Prince luy
avoit envoyées dés avant la
bataille. Les fiennes marchent vers Dixmude, ce qui
fait croire qu'il l'affiegera.
Son armée groffit tous les jours,
tant des foldats des Ennemis
que d'autres qui lui viennent de
tous côtez. Rien ne nous marque que la paix, Dieu veüille

nous la donner, & bien-toſt :
je vous baiſe les mains de tout
mon cœur, & ſuis,

MONSIEUR,

Voſtre, &c.

A Paris ce 3. Septembre 1648.

Z iiij

❧✿❀✿❀✿❧✿❀✿❧ ❧✿❀✿❧✿❀✿❧

LETTRE XLIX.

MONSIEUR,

Je n'ay point receu de vos
Lettres par le dernier Ordinaire, & je n'ay rien à vous mander par celui-cy, sinon que je
me trouve obligé de vous remercier des courtoisies de M.
vostre frere, puis que c'est en
vostre consideration qu'il me
les fait. Mais en vous remer-
ciant, je vous prie aussi de m'aider à luy en rendre graces, &
de prendre part à ma reconnoissance, aussi bien qu'aux
faveurs qu'il me fait. L'ayant
entretenu icy d'un dessein que
j'ay d'employer quelque argent

à une terre, & du defir que j'aurois d'en rencontrer une qui me fuſt propre vers Char-tres. Il a pris la peine de s'en enquerir, & de m'en indiquer deux que je pourray bien aller voir dans la fin de ce mois. Ce ne fera pas fans aller chez M. voſtre Pere pour l'aſſurer de mon fervice, & pour luy té-moigner combien je vous fuis acquis. Je m'aſſure que vous ne feriez pas marry que je fuſſe fon voifin. Ce feroit le moyen de l'aller vifiter enfemble, quand vous ferez de retour. Je vous prie quand vous écri-rez à M. voſtre frere de luy té-moigner le reſſentiment que j'ay de fa civilité, & me procu-rer quelque part dans fon affec-tion.

Furnes eſt encore aſſiegé.
On parle d'un ſiege de Dixmude par M. le Prince, mais
c'eſt incertainement, & l'on
tient la paix d'Allemagne concluë avec la France & la Suede.
Je ſuis,

MONSIEUR,

Voſtre, &c.

A Paris ce 10. Septembre 1648.

✦✿✦✿✦✦✿✦✦✿✦✦✿✦✿✦✦✿✦

LETTRE L.

MONSIEUR,

Je ne fçaurois laiffer partir
le R. P. Barraut de la Doctrine
Chreftienne fans l'accompagner de cette Lettre. Il s'en
va à Rome pour les affaires de
fa Congregation. Et comme
il fe promet beaucoup d'affiftance de vous, & qu'il fera
bien-aife de fe conduire par
vos confeils. Je joins mes prieres à celles que le tres R. P.
General vous fait de luy donner toutes les adreffes qui vous
feront poffibles, foit auprés de
M. l'Ambaffadeur, foit auprés

des autres perſonnes avec leſ-
quelles il ſera obligé de traiter.
Je ſuis aſſûré que vous n'y
manquerez pas, puiſque voſtre
generoſité vous rend agreables
toutes les peines que vous prenez pour vos amis, & que je
n'en ſçache point qui meritent
mieux d'eſtre obligez que ceux
dont je vous parle. Car outre
le merite du tres R. P. Hercules que vous connoiſſez, & de
qui l'on ne peut parler aſſez
dignement. Il y a dans ſon
Ordre beaucoup de perſonnes
tres-conſiderables dont vous
acquererez l'eſtime, la reconnoiſſance & l'affection.

Je ne vous dis rien du R. P.
Barraut en particulier, parce
que vous ne manquerez pas de

connoiſtre ce qu'il vaut , lors
que vous l'aurez entretenu.
Je ne vous parle point, non
plus de la part que je prendray
à tous les bons offices que vous
leur rendrez, puiſque je vous
ay témoigné tant de fois que
je conſiderois leur affaire, comme la mienne propre , & que
vous ne m'obligerez jamais en
pas une occaſion qui me ſoit
plus ſenſible que celle-cy. Je
m'en repoſe donc entierement
ſur vos ſoins, & ſans inſiſter
davantage ſur une choſe que
je ſçay que vous m'accorderez,
Je vous conjure de me croire
toûjours.

Le R. P. Barraut a eu la
bonté de ſe charger de trois
livres qu'il y a long-temps que

J'avois à vous envoyer, & que j'ay toûjours gardez faute de commodité pour vous les faire tenir.

MONSIEUR,

Voftre, &c.

A Paris ce premier Septembre 1648.

LETTRE LI.

MONSIEUR,

Le dernier Courrier, ne vous porta point de mes Lettres, parce que je n'eſtois pas à Paris, quand il partit. A mon retour du voyage que j'ay fait, j'ay trouvé icy voſtre Lettre du dernier d'Aouſt, où j'ay appris la nouvelle de la mort du Cardinal de Sainte Cecile qui a ſurpris tout le monde icy. On plaint la peine & l'argent que l'on a employé pour obtenir un Chapeau qui a ſi peu duré, & qui n'a ſervi de rien.

Je ne prétens nullement que vous vous donniez aucune in-

quietude pour les livres que
vous avez achetez, & que j'ay
déja. Si les Libraires ne les
veulent reprendre ou échan-
ger à la premiere propofition
que vous leur en ferez. Envoyez les moy, s'il vous plaift
avec le refte, car je leur trou-
veray bien Maiftre icy, foit
M. de la Sabliere ou quelqu'autre. Et je feray bien-aife
d'avoir pour moy les Poëfies
di Benedetto dell'Vua, qui feront
fans doute plus belles que les
miennes de la forte que vous
m'en parlez. Je n'ay ny le
Sumonte ni le *Capaccio* de l'Hiftoire de Naples, & je les aurois volontiers auffi bien que
cette relation en dix journées
imprimée à Padouë, dont vous
me parlez. Et fi la fuite s'im-
prime,

prime, je vous la demande
auffi. Ce font *le Guerre*, & non
le Rivolte di Parnaffo dell'Herrico,
qui me manquent, & vous
m'obligerez de les faire prendre à Venize, fi quelqu'un de
vos amis y va, car c'eft un écrit
fort joly. Je ne doute point que
vous ne faffiez voftre poffible
pour me recouvrer le *Giuftiniani* & *le Coftanzo*, & je m'en
remets à vos foins. Souvenez-
vous que le *Lettere Principi*
pour eftre bonnes doivent eftre
de l'an 1581. tous les trois
volumes. Il y a deux volumes à l'Hiftoire de Florence
Dell'Ammirato, & un à celle
Dell'Adriani qui eft fort efti-
mée. J'ay le *Cario* in fol. &
in 4°. & ne l'eftime pas beaucoup.

On ne parle maintenant icy
que du bled, de la poudre & des
mousquets , & les pauvres
Muses sont tout-à-fait muet-
tes. Je croy que vous recevrez
bien-tost la Lettre que je vous
ay écrite par le R. P. Barraut,
touchant l'affaire des Peres de
la Doctrine Chrestienne à laquelle je suis assûré que vous
apporterez tout ce qui dépen-
dra de vous. Le R. P. Hercules s'en assûre comme moy, &
vous baise les mains de tout
son cœur.

Sans de nouvelles affaires
qui me sont survenuës, j'eusse
fait un voyage à Chartres pour
voir quelques terres , dont
M. vostre frere m'a donné
avis avec beaucoup de bonté.
Je vous prie de l'en remercier,

quand vous luy écrirez, & de
l'obliger à me croire son ser-
viteur; car je le suis veritablement: & le vostre tres-passion-
né.

MONSIEUR,

Vostre, &c.

A Paris ce 25. Septembre 1648.

A a ij

✳❊✳❊✳❊✳❊✳❊✳❊✳❊✳❊

LETTRE LII.

Monsieur,

Il s'eſt ſans doute perdu
quelques-unes de vos Lettres,
car je n'en ay point receu par
les derniers Ordinaires, & vous
me mandez par celle du 21.
du mois paſſé que vous m'a-
viez donné avis que mes livres
eſtoient partis, dequoy je n'a-
vois rien ſceu auparavant. Si
j'euſſe crû que vous euſſiez dû
me les envoyer à Marſeille, je
vous y euſſe donné une adreſſe,
car je crains bien que ſi cela eſt
à la diſpoſition de Marchands
ou de Voituriers inconnus, il
ne m'en coûte 18. ou 20. ſols

pour livre, comme il m'eſt arrivé, lors qu'on m'en a envoyé d'autres par cette voye là; Puis qu'ils ſont en chemin, il en faut attendre le hazard & ſouhaitter qu'au moins ils arrivent à bon port, afin que mon argent & vos peines que j'eſtime bien davantage ne ſoient pas perduës. Vous m'avez obligé de m'acheter l'Hiſtoire *del Villani*, ſur tout, ſi elle eſt complette, & de bonne impreſſion. Pour les autres Hiſtoires qui me manquent de celles que je connois; il n'y a gueres que celle de Gennes *du Guaſtiniani* & *celle de Naples d'Angelo di Coſtanzo*, dont je vous ay déja parlé pluſieurs fois, & c'eſt principalement la derniere que je voudrois avoir

A a iij

recouvrée. Il y en peut avoir
de Modernes, & mefme de
toutes nouvelles que je ne connois point, & que vous pour-
riez m'acheter, fi vous les jugez
bonnes.

Je croy que le R. P. Barraur
fera arrivé maintenant, & qu'il
vous aura rendu le pacquet,
dont il a eu la bonté de fe charger. Je crains bien qu'il n'ait
pris une mauvaife conjoncture
pour faire ce voyage, & qu'il
foit obligé d'eftre long-temps
à Rome, ou d'en revenir fans
rien faire. Je fuis affuré au
moins que vous luy donnerez
les meilleurs confeils qu'il doive fuivre, & qu'il les fuivra
avec foin. Car il a eét ordre
exprés de fon General, auquel
j'envoye aujourd'huy voftre

Lettre en Provence, où il eſt
allé faire une viſite, mais je
vous puis aſſûrer, comme s'il
l'avoit receuë, qu'elle luy ſera
tres-agreable.

Je vous prie de me mander
à qui il faudra que je m'adreſſe
pour demander des nouvelles
de mes livres, au cas que je
n'en apprenne point dans quelque temps. Je ſuis,

MONSIEUR,

Voſtre, &c.

A Paris ce 16. Octobre 1648.

✳✳✳✳✳✳✳✳✳✳✳✳✳✳✳✳✳✳✳

LETTRE LIII.

MONSIEUR,

Comme il survient icy quelque chose de nouveau à toute heure que l'on est bien aise de mander, on ne peut écrire qu'à la derniere heure, & par consequent avec précipitation.

Un Italien nommé *Galareti* Secretaire du Comte ou du Marquis de Piñeranda Plenipotentiaire d'Espagne à Munster est venu icy avec passeport pour aller en Espagne, & s'étant abouché avec le Nonce, ce dernier lüy a moyenné une Audiance de M. le Cardinal qui

qui la luy a donnée fort longue , & l'on dit qu'ils ont
traité teſte à teſte de diverſes
choſes concernant la Paix generale. Je croy que comme ce
Secretaire eſt un tres-habile
homme , & qu'il a une grande
connoiſſance des affaires , on a
eſté bien-aiſe qu'il vint icy pour
remarquer l'eſtat des choſes,
& peut-eſtre pour l'empirer s'il
pouvoit. Il eſt vray que ſi nous
avons de ſi grandes affaires ſur
les bras ; les Eſpagnols n'en ont
pas de moindres. Car cette
grande conſpiration qu'on a
découverte en Eſpagne contre
la perſonne du Roy, luy doit
faire deſirer autant qu'à nous
la fin de la guerre, qui eſt la
ſource de tous ces malheurs.
On tient toûjours pour aſſuré

que la Paix est signée entre la
France, la Suede, & les Estats
de l'Empire : & qu'elle se rati-
fiera, & executera sans l'Empereur, à qui l'on a donné un
mois pour y entrer. C'est un
grand coup que l'on ait peu
détacher ces Estats de l'Empereur, & c'est un effet de l'a-
dresse de M. Servien.

M. d'Avaux doit estre assuré aujourd'huy du jour qu'il
verra la Reine, & qu'il rentrera
en l'exercice de Sur-Intendant
des Finances.

Voilà tout ce que vous aurez
de moy pour ce voyage. Je n'ay
point eu de vos Lettres par le
dernier Ordinaire. Je suis,

MONSIEUR,

Vostre, &c.

Ce 22. Octobre 1648.

LETTRE LIV.

MONSIEUR,

Je ne vous écrivis point la semaine paſſée, parce que j'é-tois à Chartres, où il y avoit long-temps que j'avois envie de faire un voyage pour voir M. voſtre Pere & M. voſtre frere. Je ne vous ſçaurois aſſez témoigner l'obligation que je vous ay des faveurs que j'ay receuës d'eux, parce que c'eſt en voſtre conſideration qu'ils me les ont faites, & je vous prie de les en bien remercier ; car j'avouë que je ne le ſçaurois faire tout ſeul comme je dois. Je n'ay pas ſeulement éprouvé

B b ij

leur civilité; mais celle de
Melle voſtre ſœur qui eſt une
perſonne extrémement rai-
ſonnable, & dont les Dames
avec qui j'eſtois allé ſont de-
meurées tres·ſatisfaites. Nous
avons tous enſemble ſolemni-
ſé voſtre ſanté à Coltainville,
où la maiſon de M. voſtre Pere
eſt tres-ajuſtée. Si je puis faire
quelque acquiſition en ce quartier là, comme j'en ay grande
envie, j'eſpere que nous nous
y pourrons divertir enſemble
quelque jour.

On parle icy de voſtre retour,
comme s'il devoit eſtre promt.
Mais je ne croy pas que M.
l'Ambaſſadeur puiſſe quitter
Rome qu'aprés l'Hyver.

Je vous rends graces des
bons avis que vous me donnez,

pour l'affaire des Peres de la Doctrine Chrestienne. Je voudrois que le R. P. General les eust eu avant que d'envoyer le Pere Barraut à Rome. Car, ce que vous me mandez me fait craindre non seulement qu'il ne fasse rien, mais qu'il ne gâte son affaire en la pressant dans une mauvaise conjončture. Il me semble qu'il y auroit encore moins de peril à l'un qu'à l'autre ; & qu'au moins, il ne se doit pas hâter. Il a ordre de vous consulter en toutes choses, sçachant que vous ne luy donnerez que des conseils sinceres & judicieux,

Je n'écris plus à M. le President Boutard, parce qu'il y a long-temps qu'il m'a mandé qu'il devoit partir, & qu'o m'a dit qu'il fera icy le mois prochain.

J'ay receu la relation des dix premieres journées des Revolutions de Naples , qui eft la mefme qu'on a imprimée à Généve. Je fuis pourtant bien-aife d'avoir l'original , & vous en remercie , comme auffi de l'achapt des livres que vous avez encore pris la peine de me choifir depuis le premier memoire que vous m'avez envoyé. Je vous ay prié de me mander par qui j'en pourray apprendre des nouvelles, parce que je n'en ay point encore eu, & il me femble que felon ce que vous m'avez écrit, ils devroient eftre icy.

Je vous prie s'il fe trouve des portraits de la main de

celuy qui a fait celuy de la
Signora Olympia, ou d'autres
bons Maiftres, de m'acheter
ceux qui feront les plus reffem-
blans, & les mieux deffeignez.
Car j'aime ces fortes d'Eftam-
pes fur toutes les autres, & en
ay déja bon nombre.

Nous avons icy *le memorie
del Cardinal Bentivoglio*,
que fa mort a fait demeu-
rer imparfaits. Ils ont efté
imprimez en Hollande, mais
avec mille fautes, ce qui obligera les fiens de les faire imprimer correctement à Rome.
Au cas qu'ils y euffent déja efté
imprimez, vous m'obligerez
de m'en faire avoir un exemplaire.

Je vous envoye la Declaration du Roy, qui a efté verifiée

B b iiij

au Parlement, enfuite dequoy il
ne s'eft plus affemblé; mais nous
ne fçavons ce qui ce fera à la
Saint Martin, ny fi le Roy re-
viendra à Paris. De ces deux
chofes dépendent le repos ou
le trouble de la France, & un
grand acheminement à la Paix
generale, ou un grand recule-
ment.

Monfieur le Duc d'Orleans
eft allé à Limours, d'où il doit
aller à Blois. M. le Prince de
Conty, & M. de Longueville
font icy, & M. le Prince y eft
attendu. Meffieurs des Finances y font déja arrivez ce qui
fait efperer qu'aprés les Feftes
leurs Majeftez y pourront revenir auffi. Les ennemis veil-
lent à l'eftat des chofes qui fe
font icy plus qu'à tout le refte,

& je croy que c'eft fur ce qui s'y paffera plus que fur toutes autres chofes qu'ils prendront leurs mefures.

On parle de la Paix d'Allemagne avec tant d'incertitude, que tous les jours il s'en dit des chofes nouvelles & differentes. Ce qui m'empefche de vous en rien dire aujourd'huy d'affirmatif : Aimez-moy toûjours, je vous en conjure, & croyez que je fuis,

MONSIEUR,

Voftre, &c.

A Paris ce 30. Octobre 1648.

✻✻✻✻✻✻✻✻✻✻✻✻

LETTRE LV.

MONSIEUR,

Je n'ay point receu de vos
Lettres depuis celle qui accom-
pagnoit le Livre que M. de
Grainville m'a apporté, &
dont je vous ay remercié. Je
vous ay témoigné auffi les
courtoifies que j'avois receuës
à Chartres de M. voftre Pere
& de M. voftre Frere. Ils me
les continuent encore depuis
mon retour, & font aprés à
traiter le marché d'une petite
maifon proche de Chartres &
de Coltainville, que j'aimeray
d'autant plus fi je la puis avoir,
que je pourray vous y entrete-

nir quelque jour eſtans ſi pro-
ches voiſins.

M. de la Sabliere eſt de retour, & nous avons fort parlé
de vous dans noſtre premiere
converſation. Il m'a dit une
partie des livres qu'il a achetez
par voſtre conſeil, & dont il
vous a laiſſé la pluſpart pour
les luy envoyer. Peut-eſtre
que vous m'aurez fait tenir les
miens par la meſme voye. Je
ſerois bien aiſe d'en avoir bien-
toſt des nouvelles, car je commence d'en eſtre en peine.

Je croy que M. le Preſident
Boutard ſera bien-toſt icy, ſe-
lon ce que vous & luy m'avez
mandé de ſon retour. Je ne
croy pas le voſtre ſi promt;
car il n'y a gueres d'apparence qu'on accorde bien-toſt à

M. l'Ambaſſadeur la permiſſion qu'il a demandée de revenir. On m'a dit que vous avez maintenant ſa principale confidence, dequoy j'ay beaucoup de joye. Je me plains un peu de vous de ne m'avoir pas fait part d'une ſi bonne nouvelle. Je ſçay bien que vous eſtes modeſte & diſcret, & que l'on s'ouvre peu de ces choſes, ſi ce n'eſt à ſes amis intimes. Mais je me croy de ce nombre, & ainſi vous pouviez me toucher quelque choſe de cet avantage, afin que je m'en réjoüiſſe, & ſans craindre que cela fuſt divulgué.

Nous avons une nouvelle broüillerie à la Cour, dont vous aurez oüy parler. Monſieur le Prince de Conty s'eſtant dé-

claré qu'il defiroit le Chapeau
qui avoit efté demandé pour M.
l'Abbé de la Riviere. M. le Duc
d'Orleans excité par toute la
Maifon de ***. s'en eft fort
piqué, difant que c'eft une affaire qui le regarde, puifque
c'eft luy qui a demandé le
Chapeau pour l'Abbé de la
Riviere, & qu'il luy avoit efté
accordé. Mais on répond qu'il
n'a efté accordé qu'à condition
que Monfieur le Prince de
Conty ne le demandaft point.
Ils ont envoyé tous deux exprés à Rome. On tâche à accommoder ce different par
négociation, s'il le peut eftre.

J'efpere que la Paix generale
fe pourra faire cet hyver. Celle
d'Allemagne a efté enfin fignée
par l'Empereur, & le *Te Deum*

s'en doit chanter au premier jour.

M. de la Sabliere soûtient affirmativement que vous, M. Morin, & luy, avez acheté chacun une Histoire de Naples d'*Angelo di Costanzo*. Mais je luy soûtiens qu'il s'abuse, & qu'on n'en rencontre pas ainsi trois à la fois. Nous nous en sommes rapportez à ce que vous m'en manderez. Il m'a dit qu'il a acheté le Palais du Card. Antoine en taille douce, qui est un ouvrage fort beau. Je vous prie d'en prendre un pour moy des mieux imprimez, & en feüilles. Je suis,

MONSIEUR,

Voftre, &c.

A Paris ce 6. Novembre 1648.

LETTRE LVI.

Monsieur,

J'ay receu presqu'à la fois vos deux Lettres du 12. & du 19. du mois passé, & avec la derniere la nouvelle de l'arrivée à Rome du R. P. Barraut, il m'a écrit une Lettre qui n'est pleine que des ressentimens qu'il a de vos civilitez, dont il me prie de vous remercier. L'interest que vous sçavez que je prens à son affaire, vous doit mieux persuader que tous les complimens que je vous sçaurois faire de celle que je prendray à toutes les obligations qu'il vous aura. Mais je

vous répons qu'outre cela, le
R. P. General de son Ordre en
aura toute la reconnoissance
qu'on se peut promettre d'une
aussi genereuse que la sienne.

Ie serois plus en peine que
je ne suis, de l'indisposition avec
laquelle ce bon Pere me mande qu'il vous a trouvé, si vous
ne m'assuriez qu'elle estoit diminuée. Comme je sçay par
experience qu'il n'y a point de
bien au monde comparable à
la santé, je la souhaite aussi à
mes amis pardessus toute autre
chose, & particulierement à
ceux qui, comme vous, sont
capables d'en faire un bon usa-
ge. La mienne est graces à
Dieu assez bonne encore que
le temps soit tres-mauvais depuis quinze jours. M. vostre
Pere

Pere & M. voſtre Frere travail-
lent à me donner moyen de
l'affermir, en ménageant l'acquiſition d'une petite maiſon
qui eſt à la porte de Chartres,
où je pourrois aller chercher
du repos une partie de l'année, & du plaiſir avec eux & a-
vec vous, quand vous y ſeriez.
Il ne ſe peut rien ajoûter à
leurs ſoins ni à la bonté qu'ils
me témoignent en cette rencontre, & je vous prie de leur
témoigner la reconnoiſſance
que j'en ay, & le gré que vous
leur en ſçavez, puiſque ce ne
peut eſtre qu'en voſtre conſideration qu'ils me font tant de
faveur.

Je ſuis bien aiſe que les Livres
que je vous ay envoyez, vous
ſont agreables, & qu'ils plai-

C e

sent à M. l'Ambassadeur & à
Mademoiselle sa Fille, pour laquelle je vous envoyay des Vers
de M. Gombaud, pour Monsieur
& Madame de Longueville,
il y a huit jours. Je vous en
envoye aujourd'huy de M. de
Benserade : Ces deux Pieces
sont les seules qui soient venuës à ma connoissance depuis
nos tumultes qui sont finis à
l'égard du Parlement, & du
Peuple, depuis que la Declaration du Roy, que je vous ay
envoyée, a esté publiée. Mais
je ne vous sçaurois dire si le
démeslé qui est survenu pour
le Chapeau que le Pape doit
donner à la France, ne rallumera point un feu qui estoit
plustost couvert, qu'esteint.
L'accommodement n'est point

encore fait entre les Princes.
M. le Duc d'Orleans demande
diverſes choſes preſque impoſ-
ſibles : Comme la reſtitution
de toutes les Places de Lorraine au Duc Charles : Le retour de M. de Vendoſme, &
de M. de Beaufort : Qu'on faſſe M. d'Elbœuf & l'Abbé de
la Riviere Miniſtres d'Eſtat :
Qu'on donne des Gouverne-
mens de Places Frontieres aux
fils du Premier, de grands Be-
nefices, & de l'argent à l'autre,
&c. Il y a des Entremetteurs
qui taſchent à accommoder
l'affaire, mais ils n'ont encore
peu rien faire, & l'on attend
avec impatience ce que le Pape fera. M. de Montreüil eſt
allé à Rome pour cela de la part
de M. le Prince de Conty, &

comme il eſt mon Amy tres-
particulier, j'ay creu que je luy
devois témoigner que je vous
tenois auſſi au meſme degré.
Vous voulez bien que je vous
adreſſe une Lettre que je luy
écris, où je luy parle de vous,
comme je dois. Je feray bien
aiſe que le R. P. Barrault le
voye auſſi, & vous m'obligerez de prendre la peine de le
faire avertir, lorſque vous l'i-
rez voir, afin qu'il ait le bien
de vous y accompagner.

M. de la Sabliere n'a preſque arreſté dans aucun lieu
depuis qu'il eſt party de Rome,
à ce qu'il m'a dit, & c'eſt pour
cela qu'il ne vous a point écrit.
Je croy que par la meſme raiſon, il n'a point auſſi receu
de vos Lettres, je feray bien

aife d'apprendre, fi vous m'a-
vez envoyé mes Livres avec
les fiens, & par quelle voye:
nous n'en avons eu encore aucune nouvelle.

L'Hiftoire du *Giuftiniani* eft
fans doute tres-rare, & comme elle a efté imprimée deux
fois, & que dans la feconde
impreffion l'on a retranché diverfes chofes, qui eftoient dans
la premiere, ce qui fe recon-
noit dans la Preface, s'il s'en
prefentoit une, il faudroit examiner cela avec foin : Pour
celle d'*Angelo di Coftanzo*, je
croy qu'elle n'a efté imprimée
qu'une fois. Je n'ay qu'un Volume de celle de Naples du
Caraffa, s'il y en avoit d'avantage, je vous prie de me l'a-
chepter. J'ay celle de *Vincenza*

del Marzari in 4°. fi celle que
vous avez veuë eft d'un autre,
je vous prie de ne la laiffer pas
efchapper. Le *Tacito illuftrato*
eft fans doute de la Tradu-
&tion du *Politi*, qui eft fort bonne, mais pour ces grandes An-
notations tirées d'un Efpagnol,
je n'en fais pas grande eftime.
Le Livre eft pourtant curieux,
& je ne voudrois pas ne l'avoir
point. S'il y a des Hiftoires de
Padouë, de Cremone, Pife, &
de Luques, qui foient eftimées,
vous m'obligerez de me les a-
chepter. Je vous ay prié de
prendre auffi pour moy le Palais du Cardinal Antoine, &
tous les beaux Portraits que
vous pourrez recouvrer, & le
Guerre di Parnaffo dell'Herrico.
J'ay les deux Volumes de l'Hi-

ſtoire de Florence de Scipion Ammirato. Je ſerois tres-aiſe que vous puſſiez recouvrer les Notes du *Vincenzo Cartari.* Nous avons eſté ſi peu informez de la Conjuration d'Eſpagne, que nous n'en ſçavons preſque aucune particularité, ſi vous en avez quelque Relation fidele, vous m'obligerez de m'en faire part.

Je vous remercie de mes Lettres à M. de S. Nicolas & à M. Boutard que vous m'avez renvoyées. Je ſuis bien marry que le premier n'a receu celle que je luy envoyois, parce que c'eſtoit un remerciment de mille faveurs, qu'il m'avoit faites pendant ſon ſejour à Rome. Je vous manday il y a huit jours avec liberté ce que

j'avois appris de voſtre pro-
cedé ſur ſon ſujet , ſurquoy
j'attens voſtre éclaiciſſement.
Ie croy que vous n'avez pas
eſté faſché que je vous l'aye
demandé, car c'eſt une marque
que je ſuis.

MONSIEUR,

Voſtre, &c.

A Paris ce 3. Novemb. 1648.

LETTRE

LETTRE LVII.

MONSIEUR,

Je ne vous fais ce mot en
hafte, que pour accompagner
la Lettre pour le R. P. Barraut, à qui je n'ay pas le temps
d'efcrire. Je vous fupplie de
luy dire que j'ay receu une
Lettre du R. P. Hercules, qu'il
m'a efcrite d'Avignon, & qu'il
me mande qu'il s'en alloit en
Languedoc, pour y paffer tout
l'Hyver, je fouhaitte que leur
affaire fe puiffe bien-toft achever, & que vous y contribuiez
ce que je fçay que vous defirez
y pouvoir faire.

M. Boutard eft de retour
D d

avec lequel j'ay eu un long entretien ſur voſtre ſujet, il m'a dit en quelle eſtime il vous a laiſſé auprés de M. l'Ambaſſadeur, je ne doute point que vous ne vous y conſerviez; car vous avez du jugement & de l'adreſſe, auſſi bien que de l'eſprit & de la capacité. Je ſuis,

MONSIEUR,

Voſtre, &c.

A Paris ce 20. Novembre 1648.

✺✺✺✺✺✺✺✺✺✺✺✺✺✺

LETTRE LVIII.

MONSIEUR,

Je suis en peine de voſtre indiſpoſition, & je ſuis pourtant
bien aiſe de ce que vous m'apprenez qu'elle eſtoit diminuée,
je ſeray tout-à-fait en repos,
quand vous m'aurez appris que
vous ſerez revenu en bonne
ſanté.

Nous avons eu un long en-
tretien M. Boutard & moy
ſur ce que je vous ay manday
touchant M. l'Abbé de S. Nicolas, il m'a dit, que la choſe
c'eſt paſſée bien differemment
de ce que l'on me l'a contée.
Je ſeray tres-aiſe que vous m'en

informiez au vray, & avec la
sincerité dont je sçay que vous
faites profession, afin que je
puisse soûtenir vos interests,
comme je dois, ne doutant pas
que ce ne soit à tort qu'on ait
pretendu vous blasmer. Ne
manquez pas s'il vous plaist à
m'écrire tout ce qui en est, &
croyez que je ne m'en serviray
que bien à propos, & pour vôtre avantage. Il y a huit jours que
je vous envoyay une Lettre pour
le R. P. Barraut, je vous en envoye une autre aujourd'huy que
je luy escris, & que vous luy
ferez rendre s'il vous plaist, je
ne vous recommande plus son
affaire, parce que je sçay qu'elle vous est en trop grande recommandation, pour vous en
solliciter. Madame la Marquise

de Montausier qui aime & estime beaucoup le R. P. Her-
cules, a voulu escrire à M.
l'Ambassadeur pour cette affaire, & j'envoye la Lettre au
P. Barraut.

M. de la Sabliere vous a
escrit, il m'a fait voir l'Histoire de Naples in fol. qu'il croyoit
estre du *Costanzo*, mais je m'é-
tois bien douté qu'il se trom-
poit, c'est d'un Autheur fort
moderne nommé *Franco de Pie-*
tri, dont le peu que j'en ay
veu ne me donne pas grande
opinion. Neanmoins à cause
de ce qu'il dit des Maisons de
Naples, je ne serois pas marry
d'en avoir un, je croy qu'il se
trouve facilement, s'il se rencontroit un aussi beau *Vasari*
de l'ancienne impression, que

celuy qu'a eu M. de la Sabliere, avec autant de marge, & pour le mesme prix, vous m'obligerez de me l'acheter. Car je donnerois le mien qui n'a pas la marge fort grande à un de mes amis, à qui je veux faire ce present, & garderois l'autre pour moy. Mais il faudroit qu'il fust tres-beau, & le faire collationner, pour voir s'il seroit parfait.

Si vous rencontrez l'Histoire de Naples de *Summonte* complette, & belle, vous m'obligerez de me l'achepter.

J'attens des nouvelles des Livres que vous m'avez envoyez. Le marché de la petite maison que j'ay veuë auprés de Chartres n'est pas encore conclu, une affaire qui m'est survenuë

m'ayant obligé à differer pour
quelque temps. J'ay impatience d'eſtre en eſtat de l'achever par l'eſperance que nous
nous y pourrions divertir enſemble quelque jour. Je ſuis,

MONSIEUR,

Voſtre, &c.

A Paris ce 27. Novembre 1648.

D d iiij

✳✳✳✳✳✳✳✳✳✳✳

LETTRE LIX.

Monsieur,

Selon ce que vous me mandez par vos Lettres du 9. & du 17. du mois passé. Il faut qu'il s'en soit perdu quelques-unes des precedentes, car ce sont les premieres par lesquelles j'ay appris que vous aviez envoyé mes Livres avec les hardes de M. l'Ambassadeur, quoy que vous mandiez que vous me l'aviez déja écrit; je vous rend graces du soin que vous en avez eu. Vous me manderez, s'il vous plaist, si le ballot m'est adressé, ou si c'est à vostre amy, & à qui il faudra que je m'adresse pour en

apprendre icy des nouvelles.
Je m'imagine que nous en de-
vons avoir bien-toft, puifque
vous m'affeurez que dés le 9.
du mois paffé, ils eftoient en
France, fi ce n'eft que pour
quelque raifon qui m'eft in-
connuë, on ait fait tarder les
hardes à Marfeille.

M. voftre Frere eft icy, qui
a pris la peine de me venir voir.
Je n'ay pas eu le temps de le
gouverner encore, ayant depuis
fon arrivée toûjours efté em-
baraffé d'une mefchante affaire,
qui ne me donne repos ni jour
ni nuit. Dés que je feray un
peu plus libre, je ne manqueray pas à l'entretenir, & nous
boirons à voftre fanté. Je ne
fçay encore fi je pouray faire
quelque acquifition dans vos

quartiers. J'en ay toûjours un grand defir, & je tâche d'y difpofer mes affaires.

Les Courriers de M. le Prince de Conty qui ont apporté affeurance du Chapeau, ont efté bien venus. Toutes chofes font icy affez calmes. Il y a feulement affez de difficulté à trouver de l'argent.

On eft en quelque doute fi la paix d'Allemagne fera ratifiée, parce que les Suedois ont peine de fe refoudre d'abandonner les grandes Conqueftes qu'ils ont faites en Boheme. On écrit de Munfter qu'il y a difpofition à la paix generale, fi les chofes fe paffent en Efpagne comme on nous le dit icy, cela eft aifé à croire.

MONSIEUR, Voftre, &c.

A Paris ce 4. Decembre 1648.

✚ ❁ ✚ ✿ ✚ ✿ ✚ ✿ ✚ ✿ ✚ ✿ ✚ ❁ ✚

LETTRE LX.

MONSIEUR,
La même raison qui m'empescha il y a huit jours de vous écrire fera cause que je ne vous écriray aujourd'huy que succintement. Il m'eſt ſurvenu tout à la fois deux affaires tres fâcheuſes pour deux de mes amis qui ne me laiſſent ni loiſir ni repos, & tout ce que je puis faire eſt de vous remercier du memoire des derniers livres que vous avez pris la peine de m'achepter, & de la lettre de Naples que vous m'avez envoyée. J'ay baillé à M. de la Sabliere ſon memoire Il eſt en peine

d'un livre de taille douce qu'il croyoit que vous auriez mis avec ceux-là, mais peut-eſtre qu'il n'y aura pas eu place.

Je n'ay peu encore rien conclure pour l'acquiſition que j'ay deſſein de faire en vos quartiers, tant parceque le mauvais temps m'a empêché d'y retourner, que parce qu'il m'eſt ſurvenu une affaire qui doit eſtre terminée avant que je puiſſe executer ce deſſein qui eſt pourtant toûjours au même point que je vous ay mandé, & je vous ſuis bien fort obligé de me ſouhaitter en un lieu ou vous avez intereſt de penſer & d'eſtre quelquesfois, mais je ne reçois point toutes vos cajolleries qui ſont des excés de voſtre amitié.

M. voſtre frere eſt icy, & je
ſuisſi malheureux que je n'ay
encore peu me donner le bien
de l'aller voir. Il a pris la peine
de venir deux fois ceans, c'eſt en
verité un fort honneſte homme
& que j'honore beaucoup.

Vous ne me dites rien de
M. de Montreüil. J'ay grande
envie de ſçavoir ſi vous aurez
fait amitié enſemble, comme
je l'en ay prié. Je ſouhaitte que
ce ſoit luy qui apporte la nouvelle de la promotion de ſon
maître, ſi elle ſe fait à ces quatre temps.

Le Prince Caſimir a eſté eſleu
Roy de Pologne.

Les affaires d'Angleterre ſont
plus broüillées que jamais, &
l'on commence à craindre que
l'armée de Fairfax qui eſt

maintenant maîtreſſe du Roy
& du Parlement, ne détermine
quelque choſe de ſiniſtre pour
le Prince. Je vous prie d'aſſeurer
le R. P. Barraut de mon ſervice. Je ſuis.

MONSIEUR,

Voſtre, &c.

A Paris ce 18 Decembre 1649.

LETTRE LXI.

Monsieur,

J'ay esté contraint de laisser passer deux Courriers sans vous escrire à cause des fascheuses affaires que j'ay eües sur les bras, & dont je ne suis pas encore about. Mais comme les Festes m'ont donné quelque relasche & que je garde la chambre pour un grand rhume que la fatigue & les broüillars m'ont causé, je satisferay aujourd'huy à tout ce que je n'ay peu faire plustost, en répondant à vos lettres du 30. Novembre & du 7. Decembre qui m'ont esté rendües en mefme jour.

Vous devez avoir reeeu maintenant force lettres de M. de la Sabliere qui vous ai- me autant que vous pouvez fouhaitter. Il a receu fes livres qui venoient à part, mais pour ceux qui font avec les miens, nous n'en avons receu aucune nouvelle. Le principal eft que les balles font en feureté à Mar- feille. Je vous fuis tout à fait obligé de m'avoir achepté le *Giuftiniani* ; tant s'en faut que je confente à le laiffer paffer en d'autres mains à caufe qu'il eft cher, que je vous conjure autant que je puis de me le bien garder pour me l'apporter quand vous viendrez. Je vous manderay par le premier Ordi- naire

ħaire à qui vous pourrez adreſ-
ſer les autres à Marſeille, mais
pour celuy-là , je ſeray bien
aiſe que vous en preniez ſoin.
Je ne trouve pas que vous en
ayez trop payé. Si aprés cela
vous pouvez recouvrer *le Co-
ſtanʒo.* Vous aurez mis dans mon
cabinet deux des plus rares li-
-vres qui y manquoient , & dont
je vous auray une particuliere
obligation. Je ſeray bien aiſe
auſſi , ſi ſans vous donner beaucoup de peine vous pouvez recouvrer le *Summonte* complet
& le *Mazzella.* L'Adriani eſt
fort rare , je vous prie de l'a-
chepter. C'eſt un des chefs de
part d'entre les bons autheurs ,
& l'on dit que M. de Thou a
beaucoup copié cet autheur ,

E e

ce qui n'eft pas un petit avantage pour luy. Je fais chercher
l'Hiftoire de Scio en françois,
que je vous envoyeray dés que
je l'auray trouvée, j'en ay eu une
manufcrite en Italien faite par
un *Signore Ieronimo Giuftiniani*
Gentilhomme de la chambre
du Roy, laquelle eft toute cor-
rigée de la main de l'autheur,
& qui par confequent peut
paffer pour un original : je ne
croy pas qu'elle ait efté imprimée, fi elle peut fervir à voftre
amy je luy en offre la communication, ou même de la luy
donner s'il luy plaift de l'accepter, ne defirant rien tant que
de rendre utile aux deffeins
des perfonnes vertueufes, ce
que j'amaffe petit à petit avec

cette intention. Je verray s'il y a
moyen de faire faire quelques
vers latins ou françois sur le memoire que vous m'avez envoyé.
Vous sçavez que la Poësie est
une inspiration, & que ceux qui
en font profession n'aiment gueres la contrainte & de travailler
au gré d'autruy j'en prieray
neanmoins quelques uns de mes
amis & tascheray de les engager
à faire quelque chose.

Je croy que les Relations du
Cardinal Bentivoglio , dont
vous me parlez, sont ces memoires que je vous ay dit, qui
ont esté imprimez en Hollande, & que nous avons icy. L'impression en est belle , mais fort
mal correcte, & ceux qui s'in-
teressent le plus en sa reputa-

tion en doivent faire faire
bientoſt une autre edition.

Je vous envoye les deux premiers livres du Virgile traveſti
de M· Scarron. Mais par ce que
je ne ſçay ſi M. Gontier le voudra mettre dans le pacquet, j'en
ay fait un ſeparé de cette lettre,
afin que s'il le retient vous ne
laiſſiez pas de le recevoir.

On attend icy M. de Vandô-
me & M. de Beaufort.

L'armée d'Angleterre s'eſt
renduë maîtreſſe de la ville de
Londres & du Parlement, ayant
fait empriſonner plus de cent
des membres de la Chambre
baſſe , & contraint les autres à
rompre le traité perſonnel fait
avec leur Roy, & à ordonner que
ſon procés feroit fait.

L'on nous affeure que les broüilleries de Naples recommencent celuy qui a fait la *Parthenope liberata*, n'en donnera-t'il point la feconde ? je la fouhaitterois fort. Je fuis,

MONSIEUR,

Voftre, &c.

A Paris ce 1. Janvier 1649.

✦✺✦✺✦✺✦❋✦✺✦✺✦✺✦✺✦❋✦✺✦

LETTRE LXII.

MONSIEUR,

J'ay receu le memoire que
M. de Monſtreüil vous envoya
lors que le dernier Courrier alloit partir. Je croy que le R.P.
Barraut n'aura pas manqué à
l'informer de la calomnie qu'il
contient , & que tant ſur cét
éclairciſſement que ſur vos prieres & les miennes, il aſſiſtera le
bon party en tout ce qu'il pourra , & n'aura aucun égard aux
recommandations qui luy ſont
faites pour les Rebelles à leur
Superieur , & à l'établiſſement
de l'Ordre. Je vous ſupplie de
luy dire que je l'en conjure encore, & que je luy ſuis extréme-

ment obligé de l'avertiſſement
qu'il nous a donné. Je n'oſe luy
écrire ſi ſouvent de peur de
l'importuner, joint qu'en l'état
où je me trouve pour ma ſanté,
& pour les affaires publiques, il
m'eſt difficile d'écrire beaucoup, ce qui me ſervira auſſi
d'excuſe envers le R. P. Barraut,
auquel vous direz s'il vous plaiſt,
que toutes ſes lettres ont eſté
rendües. Je ſuis,

MONSIEUR,

Voſtre, &c.

A Paris ce 8. Janvier 1649.

LETTRE LXIII.

MONSIEUR,

Noſtre commerce a eſté
long-temps interrompu par le
malheur des affaires publiques
& par mon indiſpoſition qui
commença à Noël, & qui n'eſt
pas encore finie. J'ay receu depuis deux jours quatre de vos
lettres du 11. 18. & 25. Janvier
& premier Février, parceque les
paequets où elles étoient avoiét
eſté retenus à S. Germain, où je
ne doute point qu'il n'y en ait
encore pluſieurs des miennes,
que je vous avois fait écrire pendant que je ne me pouvois aider de mes mains. Le paſſage
n'eſt

n'eſt libre pour aucuns Courriers, & je doute meſme ſi ce mot pourra aller juſques à vous.

J'ay receu le memoire des livres que vous m'avez fait la faveur de m'achepter, dont je vous rends mille graces. Je feray écrire à Marſeille, quand les paſſages feront libres pour ſçavoir de M. Gaſpari s'il aura receu le pacquet que vous luy avez adreſſé. Vous m'avez extrémement obligé de retenir les quatre livres que vous avez marquez, & ſur tout l'Hiſtoire de Génes du *Giuſtiniani* que je feray bien aiſe de ne recevoir que par vous, quand même vous ſerez encore long-temps à revenir. Il ne reſte plus à trouver que l'Hiſtoire d'*Angelo di Coſtanzo*, dont je me repoſe ſur vos foins, étant perfuadé que fi je ne la recouvre par voftre moyen, je ne la dois plus efperer. Si la feconde partie de l'Hiftoire du *Capriata* imprimée à Venife in quarto fe trouve facilement , comme je croy, prenez la peine de me l'achepter s'il vous plaît.

J'ay une grande douleur de ce que nos affaires ne nous permettent pas de profiter des nouveaux defordres de Naples, c'eft une conjonéture merveilleufe que nous perdons par noftre malheur. Je fuis,

MONSIEUR,

Voftre, &c.

A Paris ce 5. Mars 1649.

LETTRE LXIV.

MONSIEUR,

Je fis réponse il y a huit jours à quatre de vos lettres que j'avois receües à la fois. J'en receus hier une autre du 8. Février. Je ne doute point que les Espagnols n'ayent bien tâché à profiter de nos desordres, mais j'espere qu'ils n'auront que le plaisir de l'esperance, & que la Conferance qui se tient à Ruel, & dont nous attendons aujourd'huy ou demain la conclusion par un accommodement qui est souhaitté de tous les gens de bien, sera suivie d'un puissant effort qui se fera en

Flandres & en Catalogne,
pour reduire ces superbes ennemis à confentir à une paix équi-
table. J'efpere vous mander par
l'Ordinaire prochain que toutes
chofes feront paifibles & que
les Courriers recommençant
leurs voyages avec liberté, nô-
tre Commerce pourra recom-
mencer auffi. Je fuis,

MONSIEUR,

Voftre, &c.

À Paris ce 12. Mars 1649.

En fermant ma lettre un de
mes amis m'a envoyé avertir
de l'accommodement des affai-
rés à Ruel, dequoy je fuis bien
aife de vous pouvoir donner
part.

LETTRE LXV.

MONSIEUR,

Ayant appris de M. le Prefident Boutard que l'on vous pouvoit encore écrire , je fais réponfe à voftre lettre du dix-neuf du mois paffé , ce que je ne croyois faire que de bouche par l'affeurance que l'on m'avoit donnée que M. l'Ambaffadeur ne tarderoit pas long-temps à revenir.

J'attens avec impatience M. de Montreüil, & ce fouhait m'eft commun avec tous fes amis qui voudroient qu'il fuft déja icy.

Je vous prie d'affeurer le R. P. Barraut de mon fervice , je

voudrois que fon affaire fe peuft
terminer avant voftre départ,
afin qu'il euft la fatisfaction de
revenir avec vous.

Je croy que M. de la Lane eft
maintenant à Rome, & que vous
n'aurez pas manqué de le con-
noître dés qu'il y fera arrivé.
Car c'eft une perfonne dont le
merite ne fçauroit demeurer
caché, & principalement en un
lieu fi celebre. Il eft fort de mes
amis, & s'il n'eft point party
quand vous recevrez cette lettre, obligez moy de l'affeurer
que je fuis fon tres-humble ferviteur, & me croyez auffi toûjours,

MONSIEUR,

Voftre, &c.

A Paris ce 21. May 1649.

LETTRE LXVI.

MONSIEUR,

J'ay laiſſé paſſé quelques Ordinaires, parce que j'eſtois incertain ſi les Courriers alloient librement. Mais vos lettres du 5.
& du 12. de May qui m'ont
eſté renduës enſemble il y a trois
jours, me font croire que deformais leurs voyages ſe regle-
ront.

La Cour eſt à Compiegne, afin
de faire avancer plus promptement les troupes vers la Frontiere : car les Ennemis nous ont
attaqué Ypres, & S. Venant à la
fois. On ne laiſſe pas de traitter

de la paix generale, tant avec
les Espagnols qu'avec le Duc
de Lorraine. Et quelque bonne
mine que fassent les premiers,
ils ont leurs maux domestiques,
comme nous avons les nostres;
& si nous sommes plus impa-
tiens qu'eux ; Il y a aussi plus
long-temps qu'ils souffrent que
nous.

Je croy que cette lettre sera
la derniere que je vous écriray,
car il y a apparence que Monsieur l'Ambassadeur voudra partir de Rome avant les grandes
chaleurs.

Je souhaitte que son succes-
seur ne le fasse pas trop attendre, afin que vous reveniez plûtost , & avec moins d'incom-
modité.

M.

M. Voftre frere fit hier une tentative en Sorbonne avec beaucoup de loüange des Auditeurs qui étoient capables d'en juger. Il me fit l'honneur de m'y convier & fus témoin de la fatisfaction qu'il donna à tous ceux qui l'entendoient, ce qui m'en donna beaucoup.

On me mande de Marfeille que M. de Gafparo entre les mains duquel étoit le pacquet de livres que vous m'avez envoyé le dernier, a fait de grandes difficultez même fur une lettre que j'avois écrite pour le délivrer à un de mes amis, lequel a efté obligé pour l'avoir de luy d'en donner un recepiffé portant promeffe de l'en faire tenir quitte par vous. Je vous prie

G g

en y paſſant à voſtre retour de
luy dire que vous l'en déchar-
gez, & de faire déchirer ce re-
cepiſſe, & un que j'envoye aujourd'huy pour indemniſer celuy qui l'a fait. Vous ne me dites rien de M. de Montreüil.
Je vous prie de faire rendre ma
lettre au R.P. Barraut, & de continuer à l'obliger en tout ce que
vous pourrez.

Je croy qu'en paſſant à Marſeille, ſi vous revenez par là,
vous prendrez la peine de vous
enquerir du ballot, où ſont les
livres de M. le Preſident Boutard & les miens, & de donner
quelque ordre pour le faire
venir.

Ie vous aſſeure que j'ay veu
moy même la ſeconde partie

du *Capriata* dans un Catalogue
de livres imprimez à Venife. Je
fuis.

MONSIEUR,

Voftre, &c.

A Paris ce 12. Juin 1649.

FIN.

ERRATA.

PAge 56. ligne 7. Caftevetro, lifez *Caftelvetro.*
Pag 64. l. 12. commencerent, lif. *commencent.*
Pag. 89. l. 5. Neapolitains, lif. *Napolitains.* Pag. 92.
l. 15 fes Hiftoires, lif. *ces Hiftoires.* Pag. 123. l. 11.
Genuaro; lif. *Gennaro.* Pag. 132. l. 4. gnavi, lif.
gnani. Pag. 161. l. 5. de la Capouë, lif. *de Capouë.*
Pag. 181. l. 5. Ongaro, lif. *l'Ongaro.*

EXTRAIT DU PRIVILEGE DU ROY.

PAr Grace & Privilege du Roy, Donné à
Verfailles le vingt-cinq Juillet 1681.
Signé, Par le Roy en fon Confeil, LE
NORMANT. Il eft permis à CLAUDE
BARBIN, Marchand Libraire, de faire
imprimer un Livre intitulé, *Lettres Fami-
lieres de M. Conrard à M Felibien,* pendant
le temps & efpace de fix Années; Et dé-
fenfes font faites à tous autres de l'imprimer, fur peine de trois mille livres d'amen-
de, de tous dépens, dommages & interefts,
comme il eft plus au long porté par lefdites
Lettres de Privilege.

*Regiftré fur le Livre de la Communauté
des Libraires & Imprimeurs de cette Ville de
Paris le 23 Septembre 1681.*
Signé C. ANGOT, Syndic.

Achevé d'imprimer pour la premiere fois,
le 30. Septembre 1681.

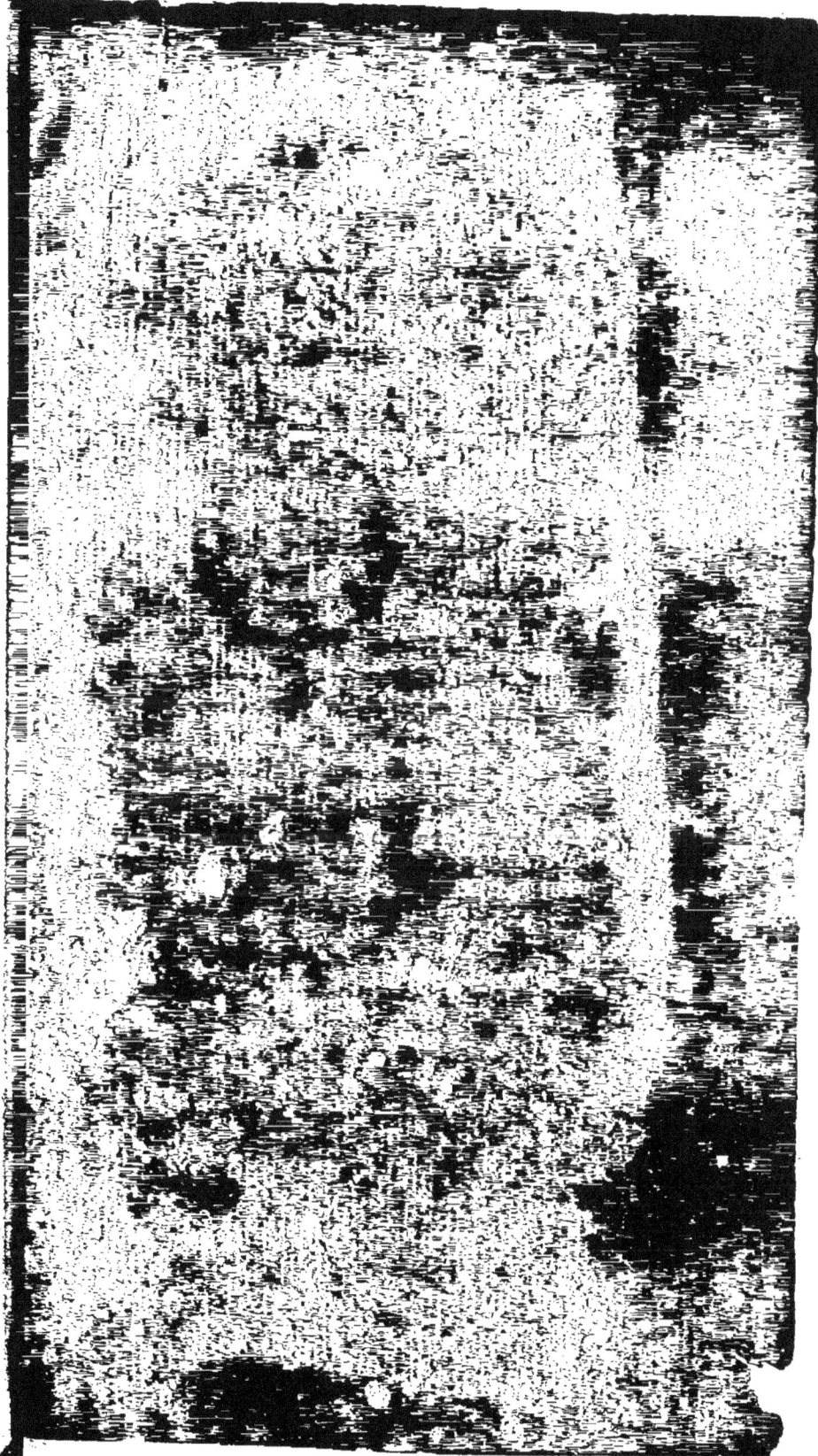